ハンバーグべんとう

和風《わふう》ハンバーグべんとう

ほっとい亭《てい》の
フクミミちゃん

—ただいま神《かみ》さま修《しゅ》業《ぎょう》中《ちゅう》—

伊藤充子・作　高谷まちこ・絵

ほっとい亭《てい》のフクミミちゃん

ーただいま神《かみ》さま修業中《しゅぎょうちゅう》ー

もくじ

1　とつぜんの福《ふく》の神《かみ》…6

2　カミナリさま…25

3　いなりのキツネ…43

4　かえでさんとかまど神《がみ》…60

5　べんとうばこはたまてばこ…77

6　風がつよくふいた日……94
7　貧乏神《びんぼうがみ》のおいとま……113
8　おばけ桜《ざくら》の木……132
9　それから……153

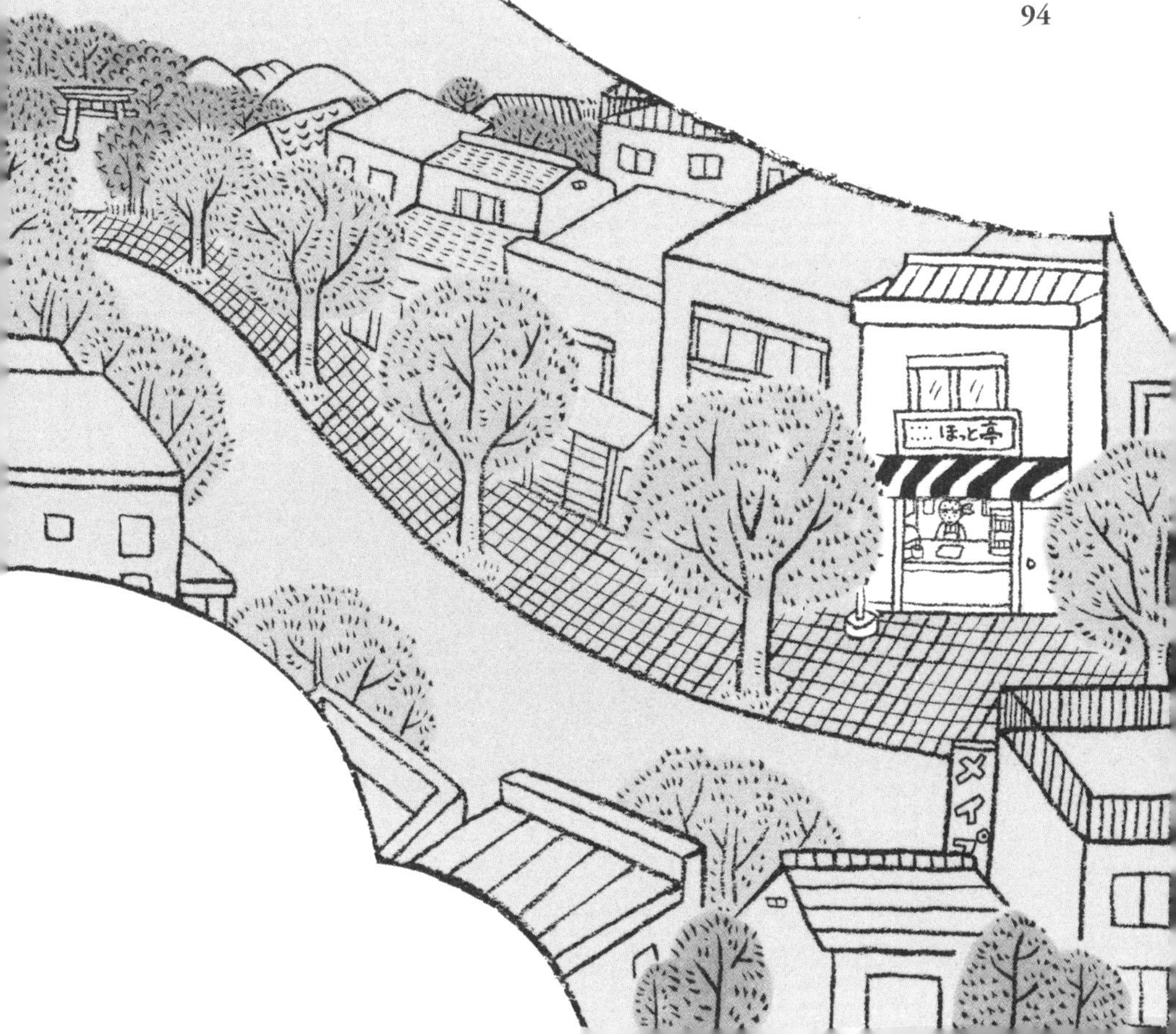

[装丁・本文デザイン] 田中明美
[描き文字] 高谷まちこ

ほっとい亭《てい》のフクミミちゃん

――ただいま神《かみ》さま修業中《しゅぎょうちゅう》――

1　とつぜんの福《ふく》の神《かみ》

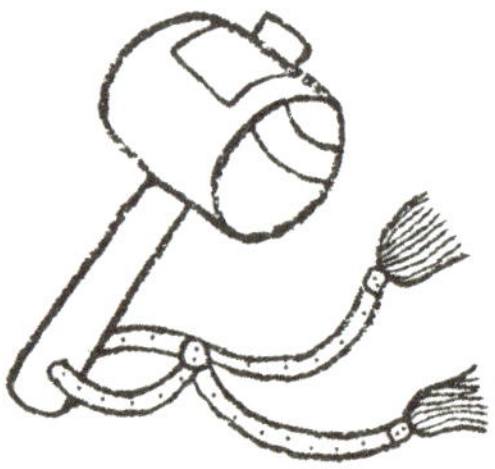

「こんにちは。」

並木通《なみきどお》りのあまりお客《きゃく》がこないべんとうや〈ほっと亭《てい》〉は、まちの人から〈ほっとい亭《てい》〉とよばれていました。そこへ、その小さな女の子は春一番《はるいちばん》の風のように、とつぜんやってきたのです。

「きょうからこの店《みせ》にくることになりました、わたしはフクミミちゃんです。よろしくね。」

女の子は店《みせ》のまえで元気《げんき》よくそういって、にーっとわらいました。

「おつかいにきたのかな、ぼくはハルです。小さいのにえらいね。」

ひとりで店《みせ》をきりもりしているハルさんは、いつもお客《きゃく》がくるときんちょうして胸《むね》がドキドキします。それは人と話《はなし》をするのが、にがてだからです。でも声をかけてきたのが小さな女の子だとわかると、すこし気もちが大きくなっていいました。

「小さいっていわないで。おつかいにきたわけじゃない。そしておどろかないでね、わたしは福《ふく》の神《かみ》なの。」

フクミミちゃんは、どうだといわんばかりの顔《かお》でそういいました。

「福《ふく》の神《かみ》?」

ハルさんは、のぞきこむようにして、フクミミちゃんをよく見ました。

なるほどりっぱな耳《みみ》たぶの福耳《ふくみみ》です。頭《あたま》のてっぺんは髪《かみ》を大きなリボンのようにゆわえていて、ピンク色の着物《きもの》を着《き》ていました。せなかには組《く》みひもがついた、トンカチのようなものをせおっています。へんてこりんなかっこうをした女の子でした。

「さて、わたしはそうじでもしようかな。」

フクミミちゃんはするりと店《みせ》のなかにはいり、キッチンにおいてあった、たまごやきをみつけて、鼻《はな》をちかづけました。

「ちょっとまって、アルバイトじゃあるまいし。なにもしなくていいよ。だいいち福《ふく》の神《かみ》がどうしてうちの店《みせ》にきたの?」

ハルさんは、あわててフクミミちゃんをキッチンからつまみだしました。

「おぼえてないの。商店街《しょうてんがい》の福引《ふくびき》。」

フクミミちゃんは足をバタバタさせながら、いいました。

ハルさんは、たしかにこのまえ商店街《しょうてんがい》の福引《ふくびき》をしました。へんなぼうしをかぶったひげのおじさんが、大きなかねをガランガランとならし、

「おめでとうございます。あたりです！　福《ふく》がやってきますよ」といって、宝船《たからぶね》の絵《え》がかいてあるポケットティッシュをくれたのです。そのときのがっかりした気もちをハルさんはわすれていません。

「あれか。」

「それよ。どう、うれしいでしょ。」

フクミミちゃんは、たまごやきのにおいを鼻《はな》でおいかけていました。

「ええと、とつぜんすぎてよくわからない。かえってもらってもかまわないけど。」

ハルさんは、たまごやきをフクミミちゃんからとおざけました。

「かえるもんですか。福《ふく》の神《かみ》がきたんだから、もっとよろこんでよ。そしてこれは〈福《ふく》の神試験《かみしけん》〉なの。この試験に合格《ごうかく》したら、正式《せいしき》にはたらくことができるのよ。」

フクミミちゃんは、店《みせ》のなかのいすにぴょんとすわって、足をぷらぷらさせながらいいました。

そろそろ昼《ひる》どきです。ハルさんは大きなためいきをつきました。

「あとでがっかりすることがあるといやだから、ぼくはすぐにはよろこばないようにしているんだ。〈福《ふく》の神試験《かみしけん》〉なんてしらないし。すきにしてもいいけど、しごとのあいだはおとなしくしていてよ。」

「しごと、あんまりなさそう。」

フクミミちゃんのことばを、ハルさんはきかなかったことにしました。おとうさんからうけついだ店《みせ》だけれど、それほどはんじょうしなくてもいいとおもっているのです。

昼《ひる》になっても、お客《きゃく》があまりこないのは、いつものことでした。

遠くのほうで、どこかの店《みせ》の人がお客《きゃく》をよびこんでいる声《こえ》がきこえてきます。フクミミちゃんはしばらくのあいだ、いすの上に立っておとなしくカウンターから通《とお》りを見ていました。けれどもとうとうがまんができなくなって、

「いらっしゃいませー、いらっしゃいませー、おいしいおべんとうはいかがですかー。」

フクミミちゃんは通《とお》りをあるいている人にむかって、大きな声でさけ

びました。

「日本一《にほんいち》おいしいおべんとうですよー。世界一《せかいいち》おいしいおべんとうかもしれないですよー。」

「ちょっと、やめてよ。そんなにおいしくないかもしれないじゃない。」

ハルさんが、あわててそういうと、

「そんなにおいしくないかもしれないけど、おべんとういかがですかー」とフクミミちゃんがさけびました。

ハルさんはフクミミちゃんの口に、いそいでたまごやきをつっこみました。

もぐもぐもぐもぐ……ゴクン。

「わあ、ハルさん！」

「なに？」

「すごくおいしい！　このたまごやき。しあわせ！」
フクミミちゃんがさっきよりも大きな声《こえ》でさけんだので、ハルさんはとてもはずかしくなりました。
とっさに、
「お、お客《きゃく》をよびこんでくれるなら、このチラシをまちでくばってきてよ」といって、フクミミちゃんに店《みせ》のメニューと地図《ちず》と電話《でんわ》番号《ばんごう》がかいてあるチラシのたばをわたしました。

まちでチラシをくばることは、人と話《はなし》をすることとおなじくらい、ハルさんにとってにがてなことでした。どんなにすてきなチラシをつくっても、うけとってもらえないと、ほんとうにかなしくなります。そんな気もちになるのがいやで、店《みせ》のなかにはまだくばっていないべんとうやのチラシが山のようにつんでありました。

「わかった。いってきます。」

フクミミちゃんはチラシをもって、元気《げんき》よく店《みせ》をとびだしていきました。

「やれやれしずかになった。」

ハルさんは、フクミミちゃんがさっきまで立っていたいすに、どっかりとこしをおろしました。

「福《ふく》の神《かみ》がたまごやきをたべて、『しあわせ』だってさ。『すごくおいしい』だってさ。へんなの。」

ハルさんは、胸《むね》のなかがすこしだけくすぐったいような気もちになりました。

けれども、つぎのしゅんかん、ハルさんの顔色《かおいろ》がさっとあおざめました。

「あれはまさか、ネズミ?」

店《みせ》のカウンターのところに、ちょろりとしっぽのようなものが、たしかに見えたのです。

「あのべんとうやにはネズミがいる、なんてうわさでもたったら、もう店《みせ》をあけることができなくなる。」

ハルさんは、ほうきをにぎりしめて店《みせ》の外にでると、カウンターのところをたしかめました。なにもいません。ところが、「ああ、よかった」といって店のなかにもどると、それはキッチンのテーブルにちょこんとのっていたのです。

「うわ。」

おもわず大声《おおごえ》でさけびそうになる口を、ぱっとかた手《て》でおさえて、ハルさんがほうきをふりあげたとき、

「ごきげんよう」とそのネズミはいいました。まっ白《しろ》でせなかがほんのり、ピンク色です。そして、きらりと金色《きんいろ》にひかるまるいめがねなんかをかけていました。

「きてそうそうなのですが、お水かなにかいっぱいいただけないでしょうか？」

そのネズミは、そう、しゃべったのです。たしかにそういいました。きょうはなんという日なのだろうと、ハルさんは天《てん》をあおぎました。
「料理酒《りょうりしゅ》をすこしわけてくださっても、だいかんげいですがね。」
ネズミが笑顔《えがお》でこちらを見ています。ハルさんは、もうどうにでもなれとおもって、そのネズミにお酒《さけ》をすこしだけごちそうしました。お酒《さけ》をいれた小さいようきを両手《りょうて》でもち、ネズミはぴちゃぴちゃとおいしそうにのみました。

「たいへんおいしゅうございました。ごあいさつがおくれましたが、わたくし大黒天《だいこくてん》さまの使《つか》い魔《ま》でスアマともうします。このたびは、フクミミさまといっしょにわたくしもこちらでおせわになります。ハルさん、どうかよろしくおねがいいたします。あ、もちろん店《みせ》ではお客《きゃく》さまにけっしてすがたを見せないよう気をくばります。」

スアマがふかぶかと頭《あたま》をさげるので、

「つつしんで、おことわりしたいです」とハルさんもふかぶかと頭をさげました。

そこへ「ただいま」といってチラシをかかえたフクミミちゃんがかえってきました。

「チラシ、駅前《えきまえ》でくばったけど、あんまりうけとってもらえなかった。」

フクミミちゃんはしょんぼりとしていました。

「フクミミさま、チラシをくばったのは駅前《えきまえ》だけですか？」

スアマがフクミミちゃんに声をかけると、

「あれ、スアマがきている。ひとりでへいきだっていったのに。」

フクミミちゃんはふきげんな顔になりました。

「そうよ、駅前《えきまえ》にずっといたの。」

「あきらめるのがはやすぎますね。フクミミさまならば、もっといろいろなところへとんでいけるでしょうに。あ、まだお小さいからむりでしたか。」

スアマがあおるようないいかたで、フクミミちゃんにそういうと、

「小さいっていわないで。とんでいけるって……、あっそうか、あれが

あった。よーし、このチラシぜんぶくばってくるわ。」

ハルさんがぽかんと口をあけて見ていると、フクミミちゃんは、せなかにせおっていたトンカチのようなものをおろして右手《みぎて》にもちました。

それから目をとじて「いでよ、宝《たから》の船《ふね》！」といいながら、それをふりおろしました。

「うちでのこづちだ……。」

ハルさんがぽかんとしたままそうつぶやくと、

「宝船《たからぶね》しかだせない、子ども用《よう》のものでございますが」とスアマがいいました。

そのとき店《みせ》のまえに、公園《こうえん》の池《いけ》にあるボートくらいの大きさの船《ふね》がポンとあらわれたのです。

「小さな宝船《たからぶね》だ……。」

ハルさんがさらにつぶやくと、

「子ども用《よう》のものでございますが」とスアマがいいました。

「さあ、空《そら》のはてまでいくわよ。スアマつきあってちょうだいね。これ、だれかおとなもいっしょにのらないといけないから。ほら、風がふくと

あぶないし。」

　フクミミちゃんがそういうと、

「フクミミさま、もちろんおともいたします。あ、そのまえになにか食《た》べたほうがよい時間《じかん》です」といってスアマがハルさんのほうをちらりと見ました。

　ハルさんは、パックにいれたたまごやきをもってきて「どうぞ、もっていって。はやく」とフクミミちゃんにわたしました。

　店《みせ》のまえのきみょうな船《ふね》に、そろそろ通《とお》りの人たちが気《き》づきはじめたようでした。

「ではもういちど、いってきまーす。」

　あわただしくフクミミちゃんとスアマが宝船《たからぶね》ででかけていくと、店《みせ》はしずかになりました。

てづくり
べんとう
ほっと亭
べんとう

ところが、ハルさんがほっとするひまはありませんでした。

「たまごやきがおいしいんだって？」といってフクミミちゃんの声《こえ》をきいたお客《きゃく》が何人《なんにん》かやってきたからです。

フクミミちゃんはたしかに福《ふく》の神《かみ》のようです。

2 カミナリさま

電話《でんわ》の受話器《じゅわき》をおいたハルさんは、チラシをあらためてみてためいきをつきました。

「だれ、チラシに〈どこでも配達《はいたつ》いたします〉なんてかいたの。うちは配《はい》

達《たつ》はしないんだよ。あと、〈ほっとい亭《てい》〉じゃないから。」

小さな福《ふく》の神《かみ》のフクミミちゃんが、店《みせ》へやってきたつぎの日のことです。

たまごやきをもって、宝船《たからぶね》でチラシをくばりにいったフクミミちゃんと、使《つか》い魔《ま》ネズミのスアマは、かえってきてからもしっかりべんとうを食《た》べて、店《みせ》の二階《かい》にそのまま、いついてしまいました。

「わたし、わたし。きのう、駅前《えきまえ》でチラシをくばっていたら、星《ほし》の絵《え》がついたバイクがとおったの。それはピザを配達《はいたつ》するバイクだっていて、配達ってかっこいいなとおもったから。チラシにかきこんだの。」

店《みせ》のまえをそうじしていたフクミミちゃんが、かけよってきてにーっとわらっていいました。

「よけいなことをしなくていいのに。いったいだれが配達《はいたつ》するの？」

ハルさんは、朝《あさ》からめまいがしてきました。

「もちろん、わたしにまかせて。わたしには宝船《たからぶね》があるから！」

フクミミちゃんは胸《むね》をポンとたたきました。

「いま、電話《でんわ》で親子丼《おやこどん》べんとうの注文《ちゅうもん》があったんだけど、カミナリさまからだよ、カミナリさま！」

ハルさんは電話《でんわ》がにがてでした。とくに大きな声《こえ》で一方的《いっぽうてき》にしゃべられると、おこられているような気もちになるのです。

「カミナリさまがどうかしたの？」

フクミミちゃんが、ききました。

「こわそうだったからことわろうとしたけど、そのまえに電話《でんわ》がきれてしまったんだ。」

頭《あたま》をかかえて、ハルさんはそういいました。そして、カミナリからふつうに電話《でんわ》がかかってきたことにびっくりしました。

「福《ふく》の神《かみ》とかネズミとかありえないものがそばにいるから、カミナリさまから電話《でんわ》がきてもふしぎにおもわなかった。」

「わたくしはそのへんのネズミではございません、大黒天《だいこくてん》さまの使《つか》い魔《ま》でございます。」

二階《かい》からふらふらとおりてきたスアマが、元気《げんき》のない声でそういいました。

「きみたちが、この店《みせ》へきたのは、ほんとうによろこんでいいことなのかなあ。さっきもあやしい人が店のなかをのぞいていたし。」

カミナリから電話《でんわ》があったときに、ハルさんはへんなぼうしをかぶったひげのおじさんと目があったことをおもいだしました。

「それはそうと、とにかくカミナリさまに親子丼《おやこどん》べんとうをとどけなくてはならない。雨雲《あまぐも》三丁目《ちょうめ》ってどこだろう。」

ハルさんは地図《ちず》を見ましたが、もちろんそんなまちはありません。

「だいじょうぶ。子ども用《よう》の宝船《たからぶね》だから行《い》き先《さき》をいうだけでつれていってくれるから。」

フクミミちゃんはせなかから、うちでのこづちをおろしました。

「ふーん、たいしたものだな」といって、ハルさんはそれをちらっと見ました。

「でも、福《ふく》の神試験《かみしけん》がおわったら、もっといろんなものがだせるうちでのこづちをもらえるとおもう。」

フクミミちゃんが、うちでのこづちの説明《せつめい》を、あれこれしているあいだに、ハルさんは親子丼《おやこどん》べんとうをこしらえはじめました。

だしとしょうゆとさとう、みりんに酒《さけ》。それらを、切ったたまねぎと

いっしょにクツクツと煮《に》こんだら、とりのモモ肉《にく》もいっしょにいれて、さらにクツクツと煮ます。キッチンは、すぐにだしとしょうゆのいいかおりにつつまれました。あとはときたまごを二回にわけていれたら火を止《と》めてふたをします。たまごがほどよくふわりとかたまったら、ごはんにのせて親子丼《おやこどん》べんとうのできあがりです。

「うわあ、おいしそう。さあ、いでよ宝《たから》の船《ふね》！」

フクミミちゃんがよんだ宝船《たからぶね》には、よく見ると、ピザやのバイクみたいに七《なな》つの星《ほし》の絵がかいてありました。

「ひとりでいけるのか?」

ハルさんは、親子丼《おやこどん》べんとうをいれたビニールのふくろをさげたまま、不安《ふあん》そうに空《そら》を見あげていいました。

「だいじょうぶ、スアマが……、あれ。」

ところが、スアマはどうにもぐあいがわるそうなのでした。

「もうしわけございません、フクミミさま、きのうお酒《さけ》をいただいてから船《ふね》にのったせいなのか、船酔《ふなよ》いがまだおさまりません。まだなんだかゆらゆらとしているのでございます。」

スアマはぐったりとしていました。

「じゃあ、スアマはねていていいよ。よしハルさん、いっしょにいこう!」

「えっ、わっ！」

フクミミちゃんが、ハルさんのひざをドンとおすと、ハルさんはおしりからすっぽりと宝船《たからぶね》にはまってしまいました。そのわきにぴょんとフクミミちゃんがとびのり、宝船はすぐに空《そら》へとびたったのです。

「だってこの船《ふね》は子ども用《よう》だから、だれかおとながいっしょにのったほうがいいし。さあ、おべんとうがさめないうちにでかけなくちゃ。スアマ、おるすばんよろしくね。」

フクミミちゃんのことばは耳《みみ》にはいりません。ハルさんはぎゅっとかたく目をとじて、かたほうの手はべんとうのふくろを、もうかたほうの手は宝船《たからぶね》のへりを、しっかりとつかむのでせいいっぱいだったからです。ハルさんは高いところがにがてでした。

「行《い》き先《さき》は、ええと、雨雲《あまぐも》三丁目《ちょうめ》、目じるしはむらさき色の雲。」

フクミミちゃんがメモをよみあげると、宝船《たからぶね》はぐんぐんスピードをあげていきます。まわりの雲もうごいていますが、宝船のスピードにはかないません。たくさんの雲をおいこして、宝船がすすんでいきます。

「そん、なに、いそ、が、なく、ても、いい、から。」

ハルさんのとぎれとぎれの声は、風にかきけされてしまいます。

しばらくすると、たくさんの雲のなかから、ひとつの雲がものすごいスピードで宝船《たからぶね》についてきました。

「ねえねえ、きみ、どこいくの？」

雲《くも》が、宝船《たからぶね》にならぶと、子どものカミナリがフクミミちゃんに声をかけてきました。

フクミミちゃんがしらん顔《かお》をしていると、

「ねえねえ、きみ、あそぼうよ、きょうそうしようよ。」

子どものカミナリは、あきらめずについてきます。
「わたしはフクミミちゃん、しごとをしているの。子どものカミナリに用《よう》はないよ。」

「おいらはピカノ介《すけ》っていうんだ。しごとってなんだよ。」

風にまけないように、ふたりとも大きな声《こえ》でしゃべります。

「雨雲《あまぐも》三丁目《ちょうめ》にいるカミナリさまに、親子丼《おやこどん》べんとうをとどけなくちゃいけないの。」

「それ、おいらのとうちゃんだよ。じゃあ、それおいらがもっていくよ。」

ピカノ介《すけ》はよこから、ハルさんがもっていた親子丼《おやこどん》べんとうをひょいととりあげました。

「だめよかえして。わたしはあなたとちがって、しごとがいそがしいっていってるでしょ。」

「ふん、だ。とうちゃんみたいなことというなよ。」

ピカノ介《すけ》はジグザグにまがったり、くるりとまわったりして、親子丼《おやこどん》

べんとうがはいったふくろを、わきにかかえながら雲《くも》にのってとんでいきます。

「きみだって小さいくせに。とりかえしてごらんー。おいらラグビーうまいんだよ。ボールをもって、だれにもとられないように走《はし》るの。とうちゃんにも、うまいってほめられたんだから。」

「小さいっていわないで。まって、わたしのほうが、はやいんだから。」

フクミミちゃんもまけずにピカノ介《すけ》をおいかけたので、宝船《たからぶね》もジグザグにまがったりくるりとまわったりしました。

「フク、ミミ、ちゃん、や、め、て。」

ハルさんは目がまわってしまいました。

「それで親子丼《おやこどん》べんとうが、こんなふうになったわけだな。」

ハルさんとフクミミちゃんが、ぐちゃぐちゃになった親子丼《おやこどん》べんとうをとどけると、カミナリが顔《かお》をしかめて、ひくい声でいいました。

ハルさんは、カミナリになんども頭《あたま》をさげてから、「お代《だい》はけっこうです。さ、もうかえろう」といってフクミミちゃんの手をひきました。

そしてフクミミちゃんが、しぶしぶ宝船《たからぶね》をよぶと、ふたりはいそいで雨雲《あまぐも》三丁目《ちょうめ》をとびだしました。


その日、一日《いちにち》じゅう店のなかの空気《くうき》がどんよりしていたとおもったら、夕方《ゆうがた》、空までどんよりとくらい色になりました。そのうちいなずまがひかり、カミナリがなりはじめて、近《ちか》くにドッカンとおちました。

「カミナリが、おちた。」

フクミミちゃんがとびだしていくと、店《みせ》のまえに、朝、べんとうをとどけたカミナリのおとうさんがいました。

「カミナリさま、まだおこっているのですか？」

フクミミちゃんがおそるおそるきくと、

「とうちゃんはおこってきたんじゃない。お代《だい》をはらいにきたんだよ。さっきはごめん。」

うしろから、ピカノ介《すけ》が顔《かお》をだしました。

「ピカノ介《すけ》のせいでべんとうがくずれたんだね。もうしわけなかった。」

カミナリはきちんと頭《あたま》をさげると、フクミミちゃんにお金《かね》をはらいました。ハルさんはそれを店《みせ》の奥《おく》からこっそりと見ていました。

「これはこれは、カミナリさまとは雷神《らいじん》さまのことでしたか。おひさしぶりです。」

ぐあいがよくなったスアマがでてきて、雷神《らいじん》にあいさつをしました。

「親子丼《おやこどん》べんとうは、ぐちゃぐちゃで残念《ざんねん》だったけど、ひさしぶりにむすこといっしょにごはんを食《た》べることができて、とってもうれしかったよ。ちかごろ、わかい風《かぜ》のやつらがあばれて、しょっちゅう雨雲《あまぐも》をこわすから、修理《しゅうり》にいそがしくて、ピカノ介《すけ》とラグビーのれんしゅうをするひまもないんだ。ありがとう、ごちそうさま。」

雷神《らいじん》は、ハルさんにもきこえるような大きい声《こえ》でいいました。

「おべんとうが残念《ざんねん》だったのに、よろこんでいるの？」

フクミミちゃんは、目をまるくしていいました。

「親子丼《おやこどん》のたれは、もうすこしやさしい甘《あま》さがいいから、さとうはこれをつかうといい。わた雲《ぐも》からとれたざらめだよ。じゅうぶんおいしかったけど、もっとおいしくなるよ。」

雷神《らいじん》はこんどははっきりと、店《みせ》の奥《おく》のハルさんに声をかけました。

「ハルさん、こんどいっしょにラグビーしよう。またくるね。」

17 18
24 25
31

ピカノ介《すけ》もそういって、雷神《らいじん》の親子《おやこ》はざらめのはいったふくろをおくと、かえっていきました。ハルさんは、おいしかったということばをきいて、すこしだけ胸《むね》があつくなりました。

「ハルさん、ラグビーできるの？」とフクミミちゃんがききました。

「おおぜいでやるスポーツはにがてだよ。ぼくができるのはサーフィンぐらいかなあ。」

雷神《らいじん》がくれたわた雲《ぐも》のざらめは、なめるとやさしい甘《あま》さが口にひろがりました。

「ありがとうございました、ってちゃんといえばよかった。」

ハルさんは通《とお》りへでると、雨がふりはじめた空をみあげて、そうつぶやきました。

3　いなりのキツネ

小さな福《ふく》の神《かみ》のフクミミちゃんと使《つか》い魔《ま》ネズミのスアマが、並《なみ》木《き》通《どお》りのべんとうや〈ほっと亭《てい》〉にやってきてから、ハルさんは心《こころ》おだやかな日がありません。きのうもふたりに屋根《やね》の看板《かんばん》をそうじするようにたのんだら、星《ほし》の絵をたくさん、らくがきされてしまいました。

「だってね、駅前《えきまえ》のピザのお店《みせ》、看板《かんばん》がピカピカひかってて、とってもかっこよかったんだもの。お客《きゃく》さんもたくさんはいってたし。この店もあんなふうになればいいなあとおもったから。でも、この看板はピカピカひからないけどね。」

フクミミちゃんは、顔《かお》も手もマジックでまっ黒《くろ》にして、にーっとわらいました。

そしてきょうも朝《あさ》からフクミミちゃんは元気《げんき》でした。どこかへいっていたかとおもったら、バタバタとかえってきて、ハルさんの手をぐいぐいとひっぱり、走りだしました。ハルさんは、朝はやくからべんとうのしたごしらえをして、あたらしいメニューのことなんかをかんがえながら、ほっこりとやすんでいたところです。きゅうに走らされて、ころがるようにたどりついたのは、通《とお》りをしばらくいったさきにある神社《じんじゃ》でした。まちいちばんの、大きくてりっぱなおばけ桜《ざくら》の木がある、いなり神社です。

「なに、どうしたの。」

「ショウバイハンジョウ。」

ハルさんが、ゼイゼイといきをきらしていると、フクミミちゃんは赤い鳥居《とりい》をくぐりパンパンと手をあわせて、そういいました。

「ハルさんも、こうやったほうがいいよ。さっき駅前《えきまえ》のピカピカのお店《みせ》のおじさんが、こうやってたの。お客《きゃく》さんがたくさんくるようにおねがいするんだって。」

「神《かみ》さまが神さまにおねがいするの？」

ハルさんが、あきれて見ていると、

「さい銭箱《せんばこ》にお金《かね》をいれてくれなきゃ、話《はなし》にならないよ。もっともあたしたちは、いまとってもいそがしいから、おまえさんたちのおねがいをきいているひまはないけどねえ。」

巻《ま》きものをくわえたキツネが、いつのまにかそばにいてつんとした顔《かお》でそういいました。

「それはそれは、たいへんしつれいしました。」

ハルさんは、またへんなものに話《はな》しかけられたので、あまりかかわらないうちにかえらなくてはいけないとおもいました。ところがキツネが、

「ほんとに、いそがしいんだから。あしたはうちのむすめのだいじな婚《こん》礼《れい》の日で、まぼろしのいなりずしべんとうを、どこかに注文《ちゅうもん》しなくちゃいけないのに」というと、

「じゃあ、〈ほっとい亭《てい》〉に注文《ちゅうもん》したらいいわ」とすかさずフクミミちゃんがこたえます。

「いなりずしなんてメニューにないよ。あと、うちは〈ほっと亭《てい》〉。」

ハルさんがあわてて訂正《ていせい》しました。

「おや、まぼろしのいなりずしをこしらえるというのかい。まあ、この

いなりのキツネの巻《ま》きものがあればわけないだろうけど、おまえさんところみたいな小さい店《みせ》じゃむりかもしれないねえ。」

キツネがにやりとわらいました。そのとき、

「小さいっていわないで！」とフクミミちゃんが、かんしゃくをおこしました。

「ハルさんは、たまごやきはじょうずにこしらえるし、親子丼《おやこどん》べんとう

だってぐちゃぐちゃになっても、雷神《らいじん》さまによろこばれたんだから。いなりずしだって、みんなをよろこばせるものをこしらえるにきまってるわ。」

おしゃべりをとめたくても、フクミミちゃんの口のなかにつめこむ食《た》べものを、ハルさんはもっていませんでした。

「おやそう、それじゃおねがいね。いなりずしを十、いや二十。あしたの夕方《ゆうがた》、おやしろ、つまり神社《じんじゃ》の神殿《しんでん》のうらにとどけてちょうだい。」

キツネはぺろりと舌《した》なめずりをしたあと、巻《ま》きものをのこしてきえました。

「これはいなり神社《じんじゃ》のとくべつな巻《ま》きものですね。まぼろしのいなりずしのこしらえかたが、かいてあります。」

巻《ま》きものの文字《もじ》を見て、スアマがいいました。ハルさんもフクミミちゃんもよめなかった絵《え》のような文字がそこにかいてありました。

「ふうん、そういえば、スアマはいなり神社《じんじゃ》にいかないよね。」

「いなりのキツネとネズミはあいしょうがわるいのです。穀物《こくもつ》を食《た》べるネズミはきらわれていますし、おいなりさまにそなえるあぶらあげは、ネズミのかわりといわれているくらいですからね。ま、わたくしはふつうのネズミではございませんが。」

スアマは金色《きんいろ》のまるいメガネをくいっとおしあげました。

「それより、ハルさん、いそいであぶらあげを買《か》ってきて煮《に》ましょう。こんばんやらなくっちゃなりません。」

「こんばん？」

またもめんどうなことにまきこまれたとおもいながらも、まぼろしのいなりずしをこしらえてみたくなったので、ハルさんはスアマに巻《ま》きものをよみあげてもらいながら、いなりずしのじゅんびをしました。

買《か》ってきたあぶらあげは半分《はんぶん》に切って、ゆでてあぶらをぬいたあと、店《みせ》にあるいちばん大きななべにいれて、だし汁《じる》としょうゆとさとうで煮《に》ます。さとうは雷神《らいじん》にもらったわた雲《ぐも》のざらめをつかいました。

クックツと煮こむなべを、フクミミちゃんはあきることなく見ていました。

「とくべつなことはしてないけど」とハルさんがいうと、

「これからがとくべつなのです」とスアマが、巻《ま》きものを見ながらいいました。「煮《に》こんだあと、その汁《しる》をあぶらあげがすいこむあいだ、満月《まんげつ》の光《ひかり》にさらす、とかいてあります。それでこがね色《いろ》にかがやく、おいしいいなりずしができるのだと。」

「満月《まんげつ》……だからこんばんなのか。」

ハルさんはまどから空を見あげました。

「はい、そうなのです。フクミミさまは、うちでのこづちで宝船《たからぶね》をだしてくださいね。」

「わかった、宝船《たからぶね》で満月《まんげつ》のそばまでいくのね。」

フクミミちゃんがそういうと、

「いいえ、屋根《やね》の上までです。船《ふね》では風にゆれますから。」

スアマはだいじょうぶですかという顔《かお》で、ハルさんのほうを見ました。

ハルさんは雷神《らいじん》にべんとうをとどけたあとも、あいかわらず高いところがにがてでした。

夜《よる》になると、ハルさんは、あぶらあげを煮《に》た大きななべをかかえて、フクミミちゃんの宝船《たからぶね》にのりこみました。宝船《たからぶね》はゆっくりとエレベー

ターのように屋根《やね》の上へのぼります。屋根《やね》の上で目をおそるおそるあけてみると、頭《あたま》の上には見たこともないくらいの大きな月《つき》がかがやいていて、ハルさんはおもわず「ほあー」なんていっていました。

　ハルさんとフクミミちゃんとスアマは、屋根《やね》の上にならんですわりました。

　おちついてくると、なべといっしょに屋根《やね》の上にいるなんて、なんてこっけいなんだろう、とハルさんはおもいました。

「月《つき》の光にさらして、ほんとうにこがね色《いろ》にかがやく、おいしいいなりずしができるのかな。」

ハルさんは、なべをのぞきこんでいいましたが、フクミミちゃんもスアマもずっと空《そら》を見あげていました。

「月、きれいね。駅前《えきまえ》のピカピカの看板《かんばん》よりずっときれい」とフクミミちゃんがいうと、

「高いところでくらしていると、空を見あげることもありませんからね」とスアマがうなずきながらいいました。

「そういえば、ふたりはいったいどこからきたの。それと福《ふく》の神試験《かみしけん》っていつまでなの？」

ハルさんは気になっていたことをきいてみました。

「雲《くも》の上のそのまた上の天界《てんかい》です。福《ふく》の神試験《かみしけん》は、桜《さくら》の花がひらくまでです。」

スアマがそうおしえてくれました。それから、フクミミちゃんは福《ふく》の神《かみ》の学校のことや、家族《かぞく》のことなんかを話《はな》してくれたのですが、いつのまにかみんなとろとろとねむたくなってきました。

「わっ、もう朝《あさ》だ。」

ハルさんが目をぱちりとあけると、あたりが白くなってきていました。

「たいへん、朝日《あさひ》がなべにはいったらだいなしになります。はやく下におりましょう。」

スアマがフクミミちゃんをゆりおこすと、フクミミちゃんはねぼけて目をこすりながら、「いでよ宝《たから》の船《ふね》」といってうちでのこづちをふりおろしました。

そのとき、きゅうにつよい風《かぜ》がぶつかってきたので、フクミミちゃんはぐらりとゆれて、うちでのこづちがなべのふちにあたってしまいました。

ゴン！

「わあ。」

ハルさんは、あわててなべをおさえましたが、あぶらあげの何枚《なんまい》かと煮汁《にじる》が半分以上《はんぶんいじょう》も屋根《やね》の上から看板《かんばん》にまでこぼれおちてしまいました。

「とにかく、のこったあげでいなりずしをこしらえましょう。」

下におりてからスアマがのこったあぶらあげをかぞえると、ちょうど二十枚《まい》でした。

「ああ、これで、失敗《しっぱい》も味見《あじみ》もできないぞ。」

ハルさんは、あぶらあげがやぶれないように注意《ちゅうい》しながら、なかに酢《す》をまぜたごはんをつめました。

そしていなりずしが二十、できあがったのです。おいしそうなキツネ色でしたが、すこしもひからなかったので、「つまらないな」とフクミミちゃんがいいました。

「とにかく、きちんと巻《ま》きものどおりにこしらえたのだから、これをもっていけばだいじょうぶです。わたしは、るすばんをしていますから」とスアマはいいました。

夕方《ゆうがた》になるのをまって、できあがったいなりずしと巻《ま》きものをとどけるために、ハルさんとフクミミちゃんがいなり神社《じんじゃ》のおやしろのうらへいくと、むこうからキツネの嫁入《よめい》りの列《れつ》がやってきました。「お嫁《よめ》さん、お嫁さん」とフクミミちゃんは、はしゃいでいます。

ふしぎなことに、天気《てんき》だというのに雨がふってきたので、ハルさんとフクミミちゃんはぬれないように屋根《やね》の下にはいりました。そこへあの

キツネがやってきたのです。

ハルさんが、もってきたいなりずしをわたそうとすると、

「こら、このばけギツネ、きえなさい。」

雨もやむほどのするどい声《こえ》がきこえました。つぎのしゅんかん、キツネはくやしそうな顔をしてパッときえ、キツネの嫁入《よめい》りの列《れつ》もぜんぶきえてしまいました。

かわりに、からだがまっ白《しろ》なキツネがあらわれて、

「あれは巻《ま》きものをぬすみ、わたしになりすまして、まぼろしのいなりずしにありつこうとしたばけギツネです。巻《ま》きものの文字《もじ》がよめなかったので、フクミミちゃんをだましたのでしょう」といいました。

その白《しろ》キツネこそ、いなりの神《かみ》さまでした。

「りっぱないなりずしができましたね、これはわたしがひきとるので、おやしろのなかにはこんでください。ことしの〈やおよろずの神《かみ》の花見《はなみ》会《かい》〉は、うちの神社《じんじゃ》が当番《とうばん》なので、今夜《こんや》くいしんぼうの土地神《とちがみ》たちをよんで、じゅんびのための会議《かいぎ》をするのです。」

ハルさんが、いわれたとおりにいなりずしをおやしろのなかにはこび、フクミミちゃんが巻《ま》きものをかえすと、いなりの白キツネはお代《だい》をはらい、おやしろの奥《おく》へきえました。お代をいれたふくろがおもいとおもったら、お金《かね》はぜんぶ五円玉《だま》でした。

「キツネにつままれたみたいだな。あ、つままれたのか」とハルさんはわらいました。

「一個《こ》ぐらいおいなりさん、食《た》べたかったな。あれいつひかるのかな。」

フクミミちゃんはふまんそうです。

それからハルさんの店《みせ》には、あたらしく、いなりずしがメニューにくわわりました。

満月《まんげつ》の夜にこしらえるいなりずしは、ま夜中《よなか》になるとこがね色《いろ》にひかります。でもみんなおいしくて、すぐに食《た》べてしまうので、その光はだれも見たことがありません。

そして、月の光にさらされた煮汁《にじる》がこぼれたべんとうやの看板《かんばん》が、ま夜中《よなか》になるとピカピカひかることも、まだだれもしらないのです。

4　かえでさんとかまど神《がみ》

〈ほっと亭《てい》〉の通《とお》りをはさんだむかいにある、コンビニエンスストア・メイプルには、二十四時間いつでもお客《きゃく》がやってきます。ちかごろは、ゆうれいもでるといううわさです。

「いろいろなおべんとうがあるらしいから、お昼《ひる》になるまえにちょっとコンビニ・メイプルへ見にいってきまーす。」

小さな福《ふく》の神《かみ》のフクミミちゃんが、使《つか》い魔《ま》ネズミのスアマをふところにいれると、元気《げんき》よく店《みせ》をとびだしていったので、ハルさんは、てばやくべんとうのじゅんびをすませて、あとをおいかけていきました。コンビニ・メイプルの店長《てんちょう》は、気《き》むずかしいことで有名《ゆうめい》です。スアマのすがたがすこしでも見えたりしたら、大さわぎをするでしょう。ハルさんはこの店長がにがてでした。

　コンビニの自動《じどう》ドアがあくと、店《みせ》の奥《おく》にあるレジのわきにべんとうの棚《たな》があり、フクミミちゃんがねっしんにべんとうをのぞきこんでいました。コンビニの店内《てんない》には、アルバイトの店員《てんいん》がひとりと、白い髪《かみ》をうしろでぴっちりとまとめて、かっぽうぎを着《き》たおばあさんがいるだけでした。

「〈ふわふわとろりんたまごのオムライスべんとう〉に、〈しっかりがっつりやきにくべんとう〉と、ふうん、おべんとうにおもしろい名まえがついている。ねえ、スアマ、そのとなりのべんとうはなんてよむの？」

　フクミミちゃんがこそこそと話《はな》しています。

「フクミミさま、よく見えません、もうすこしちかづいてください。」

フクミミちゃんのふところからこっそりと顔《かお》をだしていたスアマが、からだをのりだしました。

ハルさんが、「かえろうよ」といおうとしたときです。

「ひゃあ」という声がしてスアマがフクミミちゃんのふところから、べんとうの上へスポンとおちてしまいました。ちょうど〈ふわふわとろりんたまごのオムライスべんとう〉のパックのはじっこにおしりをついてしまったので、立ちあがったとたんにバランスをくずして、スアマはサーフィンみたいに、パックにのったままザザザーッと棚《たな》からすべりおちてしまいました。フクミミちゃんはそれを見てゲラゲラとわらっています。スアマがコンビニの床《ゆか》の上に着地《ちゃくち》したところを、ハルさんがぱっとすくって、エプロンのポケットのなかにしまいました。

（みつかったかな。）

ハルさんの胸《むね》はドキドキしています。

「お客《きゃく》さん、こまりますねえ。」

ハルさんがふりむくと、コンビニ・メイプルの店長《てんちょう》がこしに手をあてて立っていました。

「子どもさんがさわらないように、注意《ちゅうい》しておいてもらわないと。べんとうが売《う》りものにならなくなると、こまりますからねえ。」

「す、すみませんでした。」

どうやらスアマのことは見えてなかったと、ハルさんがほっとしたのもつかのま、

「わたし、さわったりしていないわ。それに売《う》るおべんとうがなくなったら、うちのおべんとうをあげるわよ。」

フクミミちゃんがそういったので、店長《てんちょう》の顔色《かおいろ》がさっとかわってしまいました。もちろん、ハルさんの顔色もかわりました。

「おや、どこかで見たことがあるとおもったら、通《とお》りのむこうのべんとうやだねえ。うちのべんとうは、いつだってどこよりもあたらしい味《あじ》を追求《ついきゅう》して進化《しんか》したべんとうなんだよ。あんたのところみたいな、いつまでもむかしからおんなじ味《あじ》の、かわりばえしないべんとうと、いっしょにしてもらってはこまるんだよねえ。」

「す、すみませんでした。」

ハルさんはとにかく頭をさげました。

「あ、さてはスパイか、それともうちのべんとうをだいなしにすれば、お客《きゃく》がまわってくるとでもおもったか。こんな小さい子どもまでつかって。」

コンビニ・メイプルの店長《てんちょう》がそういうと、

「小さいっていわないで！」とフクミミちゃんが、かんしゃくをおこしました。

「わたしスパイじゃないし。ハルさんのこしらえるおべんとうは、きっとこのおべんとうよりもおいしいわよ。むかしからおなじ味《あじ》でも、かわりばえしなくても、おいしければいいじゃない。店長《てんちょう》さんがうちのおべんとうを食《た》べたらびっくりするわよ。」

（あーあ）と、ハルさんは天《てん》をあおぎました。

「ほうほう、それならばあしたの夕方《ゆうがた》、おたくのべんとうを食《た》べにいこうじゃないか。びっくりしなかったら、どうしてくれるのかねえ？」

「通《とお》りのまんなかで、〈三べんまわって、ワン〉というわ。ハルさんが。」

「ぼくが？」

ピンとはりつめた空気《くうき》のなかで、フクミミちゃんが大まじめにそういったので、コンビニ・メイプルの店長《てんちょう》は大笑《おおわら》いをしました。

「オーケー、オーケー、それでいい。じゃあおたくのべんとうを食《た》べてびっくりしたら、わたしがそれをやるよ。たのしみだねえ。それでは、またあした。」

店長《てんちょう》が事務所《じむしょ》へもどると、店員《てんいん》もそれからハルさんのエプロンのポケットのなかのスアマも、クククク と笑《わら》いをこらえていました。

「じょうだんじゃないよ。フクミミちゃん」とハルさんは絶望的《ぜつぼうてき》な気もちになりました。

「こんなにひどいことってないよ。」

すると、いつのまにそばにきていたのか、いままでのことをぜんぶ見ていた、白い髪《かみ》のかっぽうぎを着《き》たおばあさんが、

「フクミミちゃん、むかしからかわらないおいしい味《あじ》。あなたなかなか

いいことをいったわね。わたしはかえでさんよ」と声をかけてきました。

「気《き》にいったわ。わたしがてつだってあげましょう。おべんとうやさん、あなたの店《みせ》に古《ふる》いかまどがあるわね。それをきれいにそうじして、つかえるようにしておいてちょうだい。」

そういったあと、かえでさんはいつのまにか、きえていました。

ハルさんは昼《ひる》のしごとがおわると、かえでさんにいわれたとおり、古《ふる》いかまどをきれいにそうじしました。それはハルさんのおとうさんが、この店《みせ》をはじめたころにこだわってつかっていたものでした。

フクミミちゃんがやってきてからというもの、わけのわからないことがありすぎて、ハルさんは、かえでさんのこともふしぎにおもわなくなっていました。とにかくハルさんは、〈三べんまわって、ワン〉といいたくなかったのです。

かまどがつかえるようになると、ハルさんはそれに火をくべてみました。いままで見向《みむ》きもしなかったかまどが、すてきに見えてきます。

するとひょっとこのお面《めん》をかぶったほのおのような髪《かみ》の人といっしょに、かえでさんが、とつぜんあらわれたのです。

「あれはかまど神《がみ》さま……。」

スアマがおどろいて、めがねのなかの目をぱちぱちさせながらいいました。

「かまど神《がみ》さまは、ここと霊界《れいかい》とのあいだをいったりきたりできるのです。……ということは。」

「そう、わたしゆうれいですよ。」

かえでさんはくるりとまわって、かっぽうぎのすそをつまむと、ゆうがにおじぎしました。

「おべんとうやさんに、〈まほうの煮豆《にまめ》〉のこしらえかたをおしえてあげるわ。せっかくすてきなかまどがあるのだから、つかわなくちゃばちがあたるわよ。」

そういってかえでさんは、かっぽうぎのポケットのなかから、だいじそうに豆《まめ》をだしました。それはみごとな金時《きんとき》豆《まめ》でした。

〈まほうの煮豆《にまめ》〉のつくりか

たは、とくべつなものではありませんでした。

なべのなかに、よくあらった豆《まめ》をたっぷりの水につけてひとばんおく。さいしょにやったことはこれだけでした。ハルさんに、それだけおしえて、かえでさんはふっときえてしまったのです。かまど神《がみ》もすがたが見えなくなりました。

ハルさんはいわれたとおりにしました。

つぎの日の朝《あさ》はやくから、ハルさんはかまどのじゅんびをして、かまど神《がみ》とかえでさんをむかえました。いよいよかまどで豆《まめ》を煮《に》るのです。かえでさんはわた雲《ぐも》のざらめを見て、「よいさとうだ」とよろこびました。

たっぷりの水をいれたまま、ひとばんおいてふっくらとした豆《まめ》を強火《つよび》で煮《に》たら、それをいちどザルにあげます。そしてまたなべにたっぷりの水をいれて、水をたしたりあわのようなアクをとったりしながら、やわらかくなるまで豆《まめ》を煮《に》るのです。かえでさんは、ハルさんがかまどの火かげんをみながら煮ているなべのまえに、ぴったりとくっついていました。グツグツグツグツ、ブツブツブツブツ……。

「ざ、ら、め、をいれるのをはやまったらいけないよ。豆《まめ》がしまって、それいじょうやわらかくならないからね。この煮豆《にまめ》さえあれば、あとはどんなおかずとあわせてもだいじょうぶだからね。」

かえでさんはそういうと、あとはずっとかまどのなべのまえで、なにやらブツブツとひとりごとをいっていました。

やくそくの夕方《ゆうがた》、コンビニ・メイプルの店長《てんちょう》が〈ほっと亭《てい》〉にやってきました。

「ごちそうになりますよ。」

店長《てんちょう》は、ハルさんとフクミミちゃんにむかってにやりとわらうと、ハルさんが店《みせ》のまえに用意《ようい》した、イスとテーブルについて、べんとうをひとくちたべました。

「ふん、ふつうのからあげですねえ。」

ところが、金時豆《きんときまめ》の煮豆《にまめ》をひとつ口にいれると、店長《てんちょう》ははっとした顔になり、なみだをひとつぶこぼしました。

「これは……。」

それから、煮豆《にまめ》をかみしめては、うんうんとうなずき、またかみしめると、こんどは苦笑《にがわら》いをしたりして、コンビニ・メイプルの店長《てんちょう》は、ほんのすこしの煮豆をゆっくりと時間《じかん》をかけて食《た》べました。

そのようすをハルさんとフクミミちゃんとスアマが、しずかに見まもっていました。

なにがおこったのかは、みんなしっていました。煮豆《にまめ》を味見《あじみ》したときに、ハルさんもびっくりしたのです。ほっくりとあまい豆をかみしめるたびに「しょうたは、すききらいをなおさないといけないよ」とか「さすがにおねしょはなおったでしょうね」とか「いそがしいからって、ごはんはきちんとたべないとだめ」とか、「そうじをきちんとしないと貧《びん》

乏神《ぼうがみ》がすみつくからね」などというかえでさんの声がきこえてきたのですから。

あれはたしかに、豆《まめ》を煮《に》ながら、かえでさんがブツブツといっていたひとりごとです。つたえたいことがたくさんあったのでしょう、ずいぶんとまあ、よく豆にしみこんでいました。

「しょうたって、だれ？」とフクミミちゃんがききました。

「かえでさんというのは……」とハルさんがつぶやくと、

「しょうたはわたしの名《な》まえで、かえではわたしのかあちゃんの名まえです。」

店長《てんちょう》ははずかしそうにそういったあと、あたりをきょろきょろみまわしていました。

けれどもそこにはただやさしい風が、ふわりとふいているだけでした。

コンビニ・メイプルの店長《てんちょう》は、ハルさんがわたしたおみやげの煮豆《にまめ》をかかえると、「またべんとうを買《か》いにくるから、ぜひ金時《きんとき》の煮豆をいれてほしい」といいました。

「もうかえでさんの声はきこえませんよ」とハルさんがいうと、

「かまわない。あのむかしからかわらない味《あじ》が食《た》べたいんだよ」といい、それから通《とお》りのまんなかで、三べんまわって大きな声で「ワン」といって、店長《てんちょう》はかえっていきました。

フクミミちゃんは、べんとうの煮豆《にまめ》に〈ほっくりブツブツ金時豆《きんときまめ》〉という名《な》まえをつけました。ハルさんは、かまどで煮豆をこしらえるようになりましたが、豆を煮《に》るときにへんなひとりごとをぜったいいにいわないように、いつも気をつけるのでした。

5　べんとうばこはたまてばこ

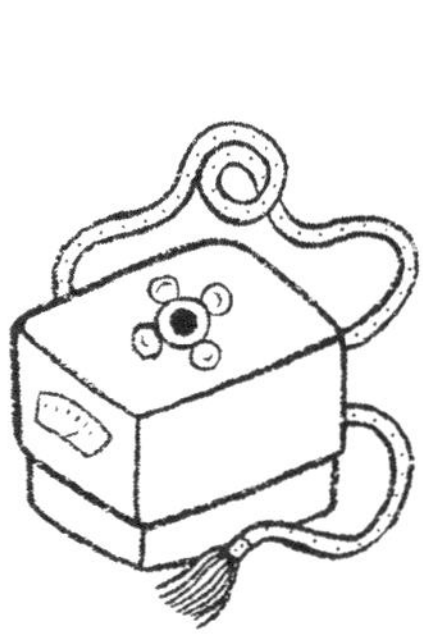

小さな福《ふく》の神《かみ》のフクミミちゃんと使《つか》い魔《ま》ネズミのスアマが、並木通《なみきどお》りのべんとうや〈ほっと亭《てい》〉にやってきて、いく日《にち》も日《ひ》がたちました。

「時間《じかん》がたつのがはやいな」とハルさんがいうと、

「時間がたつのがはやいとうれしい。はやく大きくなれるから」とフクミミちゃんがいいました。

「年《とし》をとればお客《きゃく》さんとうまく話《はな》せるようになるというなら、時間《じかん》がはやくすぎたほうがいいけれど。」

ハルさんがぽそっとひとりごとをいうと、

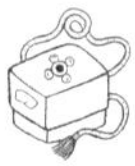

「でもハルさんは、コンビニ・メイプルの店長《てんちょう》さんと話《はな》せるようになった。」

フクミミちゃんがにーっとわらっていいました。それはたしかにおどろくべきことでした。きのうコンビニ・メイプルの店長《てんちょう》から煮豆《にまめ》の注文《ちゅうもん》があったときも、ハルさんはふつうに話すことができたのです。

「いろいろとふしぎなお客《きゃく》がきたからな。」

豆《まめ》を煮《に》ながら、ハルさんはキッチンをみわたします。

かまどをつかうとき、ひょっとこのお面《めん》をかぶったかまど神《がみ》が、ときどきすがたをあらわすようになりました。ぼうしをかぶったあやしいひげのおじさんは、あいかわらずのぞきにくるし、つりざおをかかえてにこにこわらっているおじさんや、頭のながいおじいさんといった、いかにもふつうの人ではないような人たちも日替《ひが》わりでべんとうを買《か》いにくるようになりました。どんなお客《きゃく》がやってきたって、ハルさんはびっくりすることはもうないだろうとおもいました。

「フークーミーミーちゃーん、おーはーよーうーごーざーいーまーす。」

そして、きょうやってきたのは大きなカメでした。

「コーロッケ、べーんーとーうーを、ひーとーつ。でーきーたーてーを、こーのーはーこーに、つーめーてーくーだーさーい。」

カメはひくい声《こえ》でとてもゆっくりといいました。

「わっ、ウミガメだ。そしてなにかしゃべってる。」

ハルさんはびっくりしました。

「カメさん、おはようございます。コロッケべんとうをひとつ、このはこにつめればいいのね。」

フクミミちゃんはにーっとわらっていいました。

カメは、せなかのこうらに組《く》みひもではこをくくりつけています。

「これはたまてばこではありませんか。あなたは竜神《りゅうじん》さまのおつかいですか?」

スアマがまるいメガネをひからせてそうきくと、カメはゆっくりとうなずきました。

ハルさんは、いそいでジャガイモのコロッケをあぶらであげると、たまてばこのなかにつめたごはんのとなりに、コロッケを三つ、ならべました。コロッケの下にはキャベツとスパゲッティをしきつめることもわすれていません。

「どうして、スパゲッティをいれるの?」とフクミミちゃんがきいたので、

「コロッケのあぶらをすってくれるからだよ」とハルさんはとくい顔《がお》でいいました。
ぜんぶべんとうをつめおわると、カメがなにやらタイマーをかけて、たまてばこのふたをしめました。お代《だい》をもらって、ハルさんとスアマが組《く》みひもでたまてばこをまたカメのこうらにくくりつけようとしたとき、
「ハルさん、カメをおくっていこう！」とフクミミちゃんがいい

ました。

「あんなにおそかったら、おべんとうがさめてしまう。」

「そりゃ、そうかもしれないけど。煮豆《にまめ》……。」

「じーかーんーが……。」

ハルさんと、カメがなにかをいうまもなく、フクミミちゃんは「いでよ宝《たから》の船《ふね》」とさけんで、うちでのこづちをふりおろしました。ハルさんはカメを宝船《たからぶね》にのせ、たまてばこをかかえてじぶんも宝船にのり、足をおりたたんですわりました。

「スアマー、煮豆《にまめ》をちゃんと見ていてね。」

フクミミちゃんが宝船《たからぶね》からさけぶと、

「かしこまりました」とスアマがへんじをしました。

おもいのほか、カメが大きいので、おもそうにとぶ宝船《たからぶね》のなかで、ハルさんは（なんでぼくはすんなりと宝船にのったんだろう）と首《くび》をひねりました。高いところはあいかわらずにがてでしたが、すこしなれてきたような気もします。

ふわりふわりと宝船《たからぶね》は空をとび、磯《いそ》のかおりにみちびかれて海にやってきました。

「わあ、海だ、海だ。わたし宝船を海にうかべるのは、はじめてなの。」

フクミミちゃんは、どこからか、浮《う》き輪《わ》や、こんぺいとうのはいったびんをだして、まるでピクニックのようにはしゃいでいます。

「そんなものまでもってきたの？」

こんぺいとうは、星《ほし》の形《かたち》がすきなフクミミちゃんのために、ハルさんがわた雲《ぐも》のざらめとさとう水で、かまど神《がみ》といっしょにこしらえたものです。

「海であそぶひまがあったら、ぼくだってサーフボードをもってきたかったよ。もう何年《なんねん》もボードにのってないからなあ。」

ハルさんは目をつぶると、さわやかな風にふかれて、サーフィンをしている気もちになりました。けれどもつぎのしゅんかん宝船《たからぶね》は海にもぐり、しばらくすると竜宮城《りゅうぐうじょう》につきました。サンゴでかざりつけられたりっぱな入り口《いぐち》でむかえてくれた、きれいな乙姫《おとひめ》さまを見て、ハルさんは、じぶんがエプロンすがたなのがはずかしくなりました。

「あらまあ、わざわざみなさんでとどけてくださったの。」

乙姫《おとひめ》さまは、まちきれないというように、ハルさんからたまてばこをうばって、パカッとふたをあけました。

すると、たまてばこのなかからけむりがすこし、シュポッとでました。

「あらまあ、どうしたのでしょう。」

乙姫《おとひめ》さまのがっかりした声《こえ》に、ハルさんとフクミミちゃんもたまてばこのなかをのぞきました。

「あらまあ。」

ハルさんとフクミミちゃんは、どうじに乙姫《おとひめ》さまのまねをしていいました。たまてばこのなかのコロッケは、ハルさんがあぶらであげるまえの〈したごしらえ〉のじょうたいにもどってしまっていたのでした。つまりゆでてつぶしたジャガイモに、パン粉《こ》をつけたものがそこにあったのです。

「わあん、あげたて、できたてのおべんとうが食《た》べたかったのに。なぜか時間《じかん》がもどりすぎちゃってるわ。ちゃんとカメちゃんがもどってくる時間にあわせて、タイマーをかけてくれたはずなのに。」

乙姫《おとひめ》さまはかなしそうにいいました。

「竜神《りゅうじん》さまがるすのときに、ひとりだけおべんとうを食《た》べようとしたばちがあたったのかしら。」

「ぼくたちが宝船《たからぶね》でおくったので、カメが予定《よてい》よりもはやく竜宮城《りゅうぐうじょう》についてしまったからだ。できたてよりもっとまえの時間《じかん》にもどってしまったんだね。」

「カメちゃん、はやくいってくれればよかったのに……。あっそうか、はやくしゃべれないのね。」

ハルさんとフクミミちゃんは、ちょっとだけわらいそうになって、がまんしました。

「こんどは時間《じかん》をすすめるタイマーをかけなくっちゃ。でもどのくらいすすめたらできたてになるのか、よくわからないわ。三年とかだとかんたんなんだけど、すこしってむずかしいのよね。」

乙姫《おとひめ》さまがおろおろしているので、

「ぼ、ぼくが、ここでコロッケをあげます。キ、キッチンをかしてください。」

ハルさんはきんちょうした顔《かお》で、そういいました。そしてエプロンをつけたままでよかったとおもいながら、すぐにしたくをしました。乙姫《おとひめ》さまはわくわくしながらそれを見ていて、ハルさんがコロッケをおいしそうなキツネ色にあげると、せいだいに、はくしゅをしました。

「ああ、おいしい!」

乙姫《おとひめ》さまはほんとうにおいしそうにコロッケをかみしめています。じぶんがこしらえたべんとうを、だれかがよろこんでくれるのはうれしいものだな、とハルさんはしみじみおもいました。

「ハルさんよかったね。」

フクミミちゃんがにーっとわらいました。

「なにかおみやげを」という乙姫《おとひめ》さまに、

「たまてばこは、いりません」と、ハルさんはていねいにことわりました。

「それならば」といって、乙姫《おとひめ》さまはふくろにしおをいれてくれました。

カメのなみだからとったきちょうなしおだそうで、ハルさんは「それならば」といってありがたくうけとり、フクミミちゃんとまた宝船《たからぶね》にのって海をとびだしました。

かえりの空は、風がすこしつよくなり船《ふね》がゆれて、フクミミちゃんはハルさんにしがみつきました。そのとき、

「ようよう、へんな船《ふね》。」

とつぜんつよい風とともに、サーフボードがいくつかとんできました。

それぞれに若者《わかもの》がのっていて、宝船《たからぶね》のまわりをとりかこんだのです。

「あなたたち、だれ？」とフクミミちゃんがにらみつけると、

「風だ、いや暴風族《ぼうふうぞく》とでもよんでくれ」と風の若者《わかもの》のひとりがいいました。

「なんかふるくさい名《な》まえ。あっちいってよ」とフクミミちゃんがいったので、ハルさんは、

「しーっ、フクミミちゃん、かまっちゃいけないよ」と小さい声《こえ》でいいました。

それでも「小さいくせになまいきだな、ひっくりかえしてやろうか。」と若者《わかもの》のだれかがいうと、

「小さいっていわないでー！」とフクミミちゃんがいつものようにかんしゃくをおこしてしまいました。

ハルさんは、いそいでフクミミちゃんがもってきたびんから、こんぺ

いとうをひとつとりだして、それをフクミミちゃんの口のなかにほうりこみました。そしてじぶんもひとつ口のなかにいれました。
　こんぺいとうはかりっとかむと、やさしいあまい味《あじ》がパサパサの口のなかにひろがって、心《こころ》がスーッとおだやかになりました。フクミミちゃんもおちついたようで、口をまっすぐにむすんで、もうなにもいいませんでした。
「チェッ、つまんないの。」

風の若者《わかもの》たちは、サーフボードでまたバリバリと暴風《ぼうふう》をまきおこしながら、どこかへとんでいってしまいました。

ようやく並木通《なみきどお》りのべんとうや〈ほっと亭《てい》〉に、ハルさんとフクミミちゃんがもどると、まっ黒《くろ》なネズミがでむかえました。ハルさんはじぶんたちが竜宮城《りゅうぐうじょう》へいっているあいだに、スアマがずいぶんと年をとってしまったのかとびっくりしました。

「スアマ、どうしちゃったの?」とフクミミちゃんが大声《おおごえ》でさけびました。

「ハルさん、もうしわけございません。いねむりをしまして、煮豆《にまめ》のなべをこがしてしまいました」とスアマはあやまりました。いままでこげたなべのそうじをしていたようです。

もうすぐコンビニ・メイプルの店長《てんちょう》が、煮豆《にまめ》のべんとうを買《か》いにやってきます。

ハルさんは天《てん》をあおいでいいました。

「だれか、時間《じかん》をもどしてくれ！」

6　風がつよくふいた日

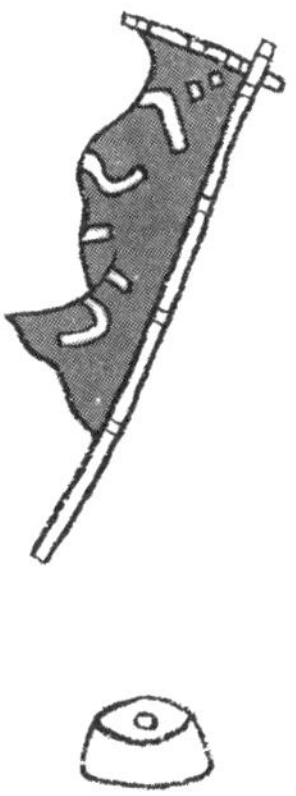

風がつよくふいた日に、店《みせ》のまえにたててあった、赤い布《ぬの》に白い字《じ》で「べんとう」とかいたのぼりばたが、とばされたことがありました。

「やれやれ、やっとみつけたぜ。ここがれいのべんとうやか。」

はたとせんたくもののようなものをかかえた、見たことのある人がやってきたので、

「あーあ、雷神《らいじん》さま、店《みせ》のはたをとったらだめですよ。」

店のそうじをしていた小さな福《ふく》の神《かみ》のフクミミちゃんが、そう注意《ちゅうい》をすると、

「いやいやおれは雷神《らいじん》ではない、風神《ふうじん》だぜ。風神雷神はふたごみたいで顔もからだつきもそっくりだけど、あいつは白い、おれはこのとおり緑《みどり》色《いろ》のからだなんだ。それにはたはとったのではない、とばされていたのをおれがひろってきてやったんだぜ。」

その人はすこしむすっとした顔でいいました。

「これはしつれいしました。風神《ふうじん》さま、店《みせ》のだいじなはたを、ひろってくださってありがとうございます。それできょうはこちらになにかご用《よう》でしょうか？」

使《つか》い魔《ま》ネズミのスアマがしゅるっとでてきて、さらっとあいさつをするのを見て、ハルさんは、じぶんもそんなふうにお客《きゃく》と話ができたらいいな、とおもいました。

「雷神《らいじん》のやつが、あんまりここのべんとうをほめるものだから、おれもぜひ食《た》べてみたくなってな。やっとくることができたぜ。親子丼《おやこどん》べんとうのほかにはなにがあるのかい？」

風神《ふうじん》は、フクミミちゃんがだしたメニューを、ねっしんにのぞきこみました。

「風神《ふうじん》さまと雷神《らいじん》さまはコンビなのね。ほんとうにそっくり。」

雷神《らいじん》は、ハルさんとフクミミちゃんがまえにべんとうをとどけてから、ときどき店《みせ》まで、親子丼《おやこどん》べんとうを、むすこのピカノ介《すけ》といっしょに買《か》いにきてくれるのです。

「この〈風《かぜ》のハンバーグ〉というのがいいな。なんだかおれのためのハンバーグというかんじだぜ。」

メニューを見ていた、風神《ふうじん》がにこにこしながらいいました。

「え、〈風のハンバーグ〉？　なんのことだろう？」

ハルさんとフクミミちゃんとスアマが、メニューをのぞきこむとわけがわかりました。

「ああ、〈和風《わふう》ハンバーグ〉のことでございますね。おろしをのせて、しょうゆをかけて食《た》べる、さっぱりしたハンバーグでございます。」

ハルさんがもごもごしていると、またもやスアマがまるい金色《きんいろ》のめがねをおしあげながら、ぺらぺらと説明《せつめい》しました。

「おろしって山からふく風のことじゃないか。ますます気にいったぜ。」

風神《ふうじん》はまちきれないようすです。

「ではご用意《ようい》いたしますので、しばらくおまちください。」

スアマはそういうと、ハルさんの顔を見てうなずきました。

(おろしってだいこんおろしのことだけど、まあいいか。)

そうおもいながらハルさんが、ハンバーグをやいていると、電話《でんわ》のべルがなりました。でると、べんとうをとどけてほしいという注文《ちゅうもん》の電話です。

電話《でんわ》のベルは、まだつづきます。おなじような注文《ちゅうもん》がきて、とにかくどんなべんとうでもいいから、夕方《ゆうがた》にとどけてほしいということでした。

「きょうは、どうしたのだろう。」

ハルさんは、ハンバーグやからあげのじゅんびにおおいそがしです。

どれも、まちのお母《かあ》さんたちでした。きけば、みんな朝《あさ》からくしゃみと鼻水《はなみず》がひどくなってしまったらしく、夕飯《ゆうはん》のじゅんびができないようなのです。

「カゼか。疫病神《やくびょうがみ》でもきたかな。」話をきいていた風神《ふうじん》がいいました。

「風があばれると、病気《びょうき》なんてあっというまにひろがっちまう。」

「それ、暴風族《ぼうふうぞく》ね？」

フクミミちゃんがきくと、

「おお、よくしっているな。あいつらボードをのりまわしてあぶないから、とりしまりをきびしくしているのだが、すぐににげられちまう。今朝《けさ》もやっとのことで、四、五枚《まい》ボードをとりあげてきたから、はらがへったのなんのって。」

風神《ふうじん》は大きなためいきをつきました。

（あいつらか。）

ハルさんは、竜宮城《りゅうぐうじょう》からのかえりに、からかってきた風の若者《わかもの》たちをおもいだしながら、べんとうをパックにつめていましたが、ちょっとかれらのまねをして、いきおいよくサーフボードにのるかっこうをしてみたところ、グキッとこしをいためてしまいました。

「やってしまった。こまったぞ。」

ハルさんはキッチンからあまりうごけなくなり、べんとうを配達《はいたつ》することができなくなったのです。小さなフクミミちゃんだけではこぶには、べんとうが多《おお》すぎます。宝船《たからぶね》ではこぶにもスアマは船酔《ふなよ》いしてから、ぜったいにフクミミちゃんの宝船にはのらなくなり、フクミミちゃんはおとながいっしょにのらなければ、宝船でとべないというのです。

「フクミミさま、ほんとうはひとりで宝船にのれるはずなのに。」

スアマはそういってフクミミちゃんの顔をじっと見ました。

「じ、じゃあ風神《ふうじん》さま、おべんとうをとどけるのをちょっとてつだってください。」

フクミミちゃんは、たくさんの注文《ちゅうもん》をかいたメモを見ながら、風神《ふうじん》にいいました。

「ええ!? おれは、これからたのしみにしていた和風《わふう》ハンバーグべんとうを……。」

「おねがい、てつだってください。だって、暴風族《ぼうふうぞく》のせいでカゼがひろがって、おべんとうの注文《ちゅうもん》がふえたんでしょ、にげられた風神《ふうじん》さまもいけないでしょ。てつだってくれないと、和風《わふう》ハンバーグべんとうは売《う》りませんからね。」

フクミミちゃんは、風神《ふうじん》にそういってつめよりました。

「むちゃくちゃだな。わかった、わかった。ずっとたのしみにしていたのに、それはこまるぜ。」

風神《ふうじん》はべんとうをとどけるのを、てつだってくれることになりました。

べんとうの届《とど》け先《さき》は、せまい路地《ろじ》の奥《おく》だったり、小さなアパートの二階《かい》だったりとさまざまでした。よくかんがえてみると宝船《たからぶね》はじゃまになります。どうやってはこべばいいのでしょうか。

フクミミちゃんは、「あたたかいうちにぜんぶ、くばろう。なにか、大きな入れものはないかしら」といいながらきょろきょろして、風神《ふうじん》のかかえていた布《ぬの》のようなものをじっと見ました。

「風神《ふうじん》さま、風神さまがかかえているものはなんですか？」

「これは風《かぜ》ぶくろだよ。このなかに風をいれてつかうんだ。このごろじゃ、風の若者《わかもの》たちからとりあげたボードもいれるけどな。今朝《けさ》つかっていたふくろは、さっきクリーニングやにだして、かわりにひきとってきたやつだからあらいたてで、せいけつな風《かぜ》ぶくろだぜ。」

風ぶくろはきれいにたたんで、ビニールにはいっていました。

「そんなものにいれたら、べんとうがぐちゃぐちゃにならないだろうか？」とハルさんがしんぱいすると、

「おだやかな風といっしょにいれれば、だいじょうぶだぜ」と風神《ふうじん》がこたえました。

「それ、ぜひ、つかわせてください。」

フクミミちゃんは、両手《りょうて》のひらをあわせて、風神《ふうじん》におねがいしました。

「和風《わふう》ハンバーグべんとうのほかに、親子丼《おやこどん》べんとうもおまけしますから。」

「よし、わかった。ではいそごう。」

そんなわけでフクミミちゃんと風神《ふうじん》は、風《かぜ》ぶくろにべんとうをいれて

店《みせ》をでていきました。

「なんだかきゅうにたのもしくなったなあ。」

ハルさんは、いためたこしをおさえながらふたりのうしろすがたを見おくりました。

そしてそのすがたを見おくる人がもうひとりいました。うすぐらくてよく見えなかったのですが、その人はぼうしをかぶったひげのおじさんで、かすかにわらって、ハルさんにかるくおじぎをしたのでした。

「くらくなってきたまちを、大きなふくろとフクミミちゃんをかかえて、いったりきたりする風神《ふうじん》は、季節《きせつ》はずれのサンタクロースのようでしたよ。」

あちこちの屋根《やね》からようすを見て、ひとあしはやくかえってきたスア

マが、お酒《さけ》をのみながらハルさんに話《はな》してくれました。フクミミちゃんと風神《ふうじん》がべんとうをとどけると、どこの家《いえ》でも、まるでサンタクロースがやってきたかのように、子どもたちからかんせいがあがったそうです。ハルさんは、なんだかすこしうらやましくなりました。

てつだいをおえて店《みせ》にもどった風神《ふうじん》は、ハルさんがあたためなおした、和風《わふう》ハンバーグべんとうと親子丼《おやこどん》べんとうを、だいじそうに風《かぜ》ぶくろにいれると、「家《いえ》でゆっくり食《た》べよう。またくるぜ」といって、笑顔《えがお》でかえっていきました。

「おべんとうがぜんぶ売《う》りきれてしまった。夕飯《ゆうはん》はどうしよう。」

風神《ふうじん》がかえってしまうと、フクミミちゃんもおなかがすいたようです。

「そうだ、たまごだけはたくさんあるから、きょうはわたしがハルさんのために、たまごやきをこしらえる。ハルさんはうごかなくていいからね。」

「フクミミさま、ひとりでだいじょうぶですか？　お小さいから気をつけないと」とスアマがいいかけると、

「小さいっていわないでー！」

フクミミちゃんはいつものようにかんしゃくをおこしそうになってから、ハッとしてじぶんでこんぺいとうをひとつ口にほうりこみました。

そして気もちがおちつくと、

「ハルさんがおしえてくれたら、ひとりでもできそうな気がするの。」

そういってフクミミちゃんは、いすの上にたってにーっとわらいました。

「わかった。じゃあフクミミちゃん、まずちょっとその棚《たな》のなかから

青い布《ぬの》をとってきて。」
ハルさんは子どものときにつかっていたエプロンを、フクミミちゃんにつけてやりました。それからたまごやきのこしらえかたを説明《せつめい》したのです。
「だし汁《じる》に、お酒《さけ》とさとうをいれて、たまごとまぜるんだ。スアマがいつものんでるお酒、それから、ピカノ介《すけ》がとどけてくれたわた雲《ぐも》のざらめだ。それからカメのなみだのしおもすこし、

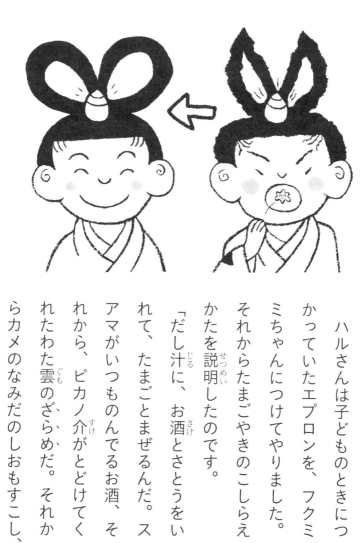

わすれずに。これだけの調味料《ちょうみりょう》がそろったら、どんなたまごでもおいしいたまごやきになるさ。」

ハルさんはいいました。

フクミミちゃんは、いわれたとおりに材料《ざいりょう》をまぜました。

そしてよくつかいこんである、たまごやき用《よう》のしかくいフライパンにあぶらをしき、そのたまごの汁《しる》を三回にわけて、「おいしくなあれ」といいながら、まきこんでやいていきました。

ひょっとこのお面《めん》をかぶったかまど神《がみ》がすがたをあらわして、うなずきながらそのようすを見ていましたが、とつぜんふっときえてしまいました。

そのときフクミミちゃんがぶるぶるっとみぶるいをして、あたりを見まわしました。

「いま、だれかが見ていたような気がしたの」とフクミミちゃんがいいました。
「かまど神《がみ》ではないのですか？」とスアマがきくと、
「ちがう、まえにも見てた、ぼうしをかぶったひげのおじさん。」
フクミミちゃんはまだきょろきょろしていました。
あまいたまごやきのにおいが、ふわりとあたりにただよいはじめました。
「そういう人なら、ぼくも見たことがある」とハルさんはいいました。

風がつよくふいたその日、ハルさんはフクミミちゃんがはじめてこしらえたたまごやきを食《た》べました。すこしこげてかたくなっていたのに、それはとてもおいしかったのです。

「心《こころ》をこめてこしらえてもらった料理《りょうり》はいいものだね。おいしかった。
ありがとう。」
ハルさんはとてもすなおな気もちでそういいました。

7 貧乏神《びんぼうがみ》のおいとま

まちのあちこちに春《はる》をかんじるようになったころ、並木通《なみきどお》りのべんとうや〈ほっと亭《てい》〉は、お客《きゃく》がきゅうにふえだしました。

風がつよくふいたあの日、ぐあいがわるくなり、夕飯《ゆうはん》のじゅんびができなかったお母《かあ》さんたちは、ハルさんのこしらえたべんとうを注文《ちゅうもん》しました。そしてそのべんとうはひょうばんとなり、うわさをきいた人が買《か》いにくるようになったのです。

ある日の夕方《ゆうがた》、ハルさんが、夕飯《ゆうはん》のしたくをしていると、昼《ひる》まはおだやかだった風が、きゅうにつよくなりました。

（またわかい風《かぜ》のやつら、あばれはじめたかな。）

ハルさんがそうおもったとき、ガタリと音《おと》がして古《ふる》い道具《どうぐ》をしまってあった床下《ゆかした》から、やせてぼろぼろのぼうしをかぶり　ぼうぼうのひげをはやした男がでてきました。ハルさんがいままで見たことのない顔《かお》です。

「べんとうやのおにいさん、いままでおせわになりました。わし、そろそろここをおいとますることきめましたわ。」

その男は、にこにこしながらそういいました。

「あ、この人」と小さな福《ふく》の神《かみ》のフクミミちゃんがいうと、

「おや、貧乏神《びんぼうがみ》じゃありませんか、ずっとまえからそこにいたのですか？」

使《つか》い魔《ま》ネズミのスアマが、かんだかい声でさけびました。

（へえ、貧乏神《びんぼうがみ》がいたんだ、どうりでお客《きゃく》がこなかったはずだ。）

とハルさんはなっとくしてしまいました。

「はい、そこの福《ふく》の神《かみ》さまいがいは、ちっともお気づきにならなかったようで。」

貧乏神《びんぼうがみ》はずっとにこにこしています。

「わたくしとしたことが、貧乏神《びんぼうがみ》がすみついていることに気がつかな

かったとは、なんという失態《しったい》、なんという不始末《ふしまつ》。」

スアマはまっ青《さお》な顔《かお》で、頭《あたま》をかかえてしまいました。

「じゃあ、フクミミちゃんが見たぼうしをかぶったひげのおじさんって、この人？」

ハルさんがフクミミちゃんにきくと、フクミミちゃんは大きくうなずきました。

「それで、なんでまた、いま、すがたをあらわしたのですか？」

スアマがむすっとして貧乏神《びんぼうがみ》にきくと、

「まあ、福《ふく》の神《かみ》さまがこの店《みせ》においでなさってから、そうじがよくいきとどくようになり、このおにいさんがだんだん明《あか》るく元気《げんき》になってきましてねえ、おまけに店もどんどんはんじょうしてきて、いごこちがわるくなってきたわけですわ。ごぞんじかどうかしりませんが、わしはくらくてじめじめして、きたないところがすきなもんで、はい。」

貧乏神《びんぼうがみ》はにこにこしていました。

「こっそりと、おいとましようとおもいましたが、ながいおつきあいだったことだし、あいさつのひとつでもしようかと。わかれのお酒《さけ》かなんかをちょっといただいても、ばちはあたりますまい。」

貧乏神《びんぼうがみ》がそういうので、ハルさんはいつもスアマがのんでいるお酒《さけ》を、コップいっぱいもってきてやりました。

「ああ、もったいない」とスアマがつぶやきました。

「これはこれは、わるいですねえ。おっと、しまった。」

ところが、貧乏神《びんぼうがみ》はそのコップをうけとろうとして、手をすべらせ、お酒《さけ》をフクミミちゃんにひっかけてしまったのです。

「ああ、もったいない。いやちがう、はやくふきんを。」

スアマがそうさけんだので、ハルさんがふきんをもってくると、貧乏神《びんぼうがみ》がそれをひったくりました。

「すみませんねえ、お小さくて気がつかず、たいせつなものまでぬらしてしまいましたねえ。」

貧乏神《びんぼうがみ》はそういうと、フクミミちゃんをふいてやるふりをして、うちでのこづちをとりあげました。

「かえして！　あと小さいって

いわないで！」

フクミミちゃんはうちでのこづちにとびつきましたが、貧乏神《びんぼうがみ》はキッチンの洗《あら》い場《ば》や、かまどの上をぴょんぴょんとふみこえて、店《みせ》のそとにとびだしていったのです。あっというまのできごとでした。

「せんべつに、これくらいいただいてもばちはあたりますまい。」

貧乏神《びんぼうがみ》はそういいながら、うちでのこづちをかかえて走っていきました。

よく見ると、そのうちでのこづちのひもを、フクミミちゃんがつかんだままです。

「ああ、フクミミさまが！」

スアマがキイキイと悲痛《ひつう》な声《こえ》でさけんだので、ハルさんはスアマをエプロンのポケットのなかにつっこむと、いそいで貧乏神《びんぼうがみ》のあとをおいかけました。

そのときなにか火《ひ》の玉《たま》のようなものが、店《みせ》のキッチンからとびだして、ものすごいいきおいでハルさんをおいこしました。

「かまど神《がみ》さまだ。」

ハルさんのポケットのなかで、スアマがいいました。

貧乏神《びんぼうがみ》とフクミミちゃんのあとをかまど神《がみ》が、そのあとをハルさんとスアマがおいかけていましたが、すぐにかまど神は貧乏神においつき、

「この、ばちあたりめ！」とおそろしい声でさけびながら、貧乏神《びんぼうがみ》のおしりをガツンとけっとばしました。

「ひゃあー。」

貧乏神《びんぼうがみ》はフクミミちゃんもろとも、ポーンといなり神社《じんじゃ》のほうへすっとんでいきました。

「貧乏神《びんぼうがみ》はかまどの上に足《あし》でのったから、ばちがあたったのですよ。かまど神《がみ》さまはああみえて、おこるとこわい神さまですから。ああそれよりもフクミミさまがあああ！」

スアマがハルさんのポケットのなかで、ギャーギャーさわいでいます。

そこへ大きなふくろをもった風神《ふうじん》がとんできて、

「いま、山のほうで暴風《ぼうふう》たちのボードを回収《かいしゅう》していたら、こっちのほうからなにかとんできて、いなり神社《じんじゃ》のおばけ桜《ざくら》の木のてっぺんにひっかかったぜ。なにごとだ？」といいました。

かまど神《がみ》のすがたはいつのまにかきえています。

「それ、貧乏神《びんぼうがみ》とそれからフクミミちゃんもいっしょです。風神《ふうじん》さま、たすけてください。」

興奮《こうふん》してギャーギャーとわめくばかりのスアマにかわって、ハルさん

が風神《ふうじん》にたのみました。ところが風神は、

「おれがとんでいったら、またふっとばしてしまうぜ」とこまった顔《かお》をしました。

そのとき風神《ふうじん》の風《かぜ》ぶくろのなかのボードがちらりと見えました。まよっているひまはありません。

「風神《ふうじん》さま、そのボード一枚《まい》かしてください。」

ハルさんは、風《かぜ》ぶくろのなかからボードをひっぱりだしました。そこへちょうどいいぐあいの風《かぜ》がふいてきたので、ハルさんはボードの上にとびのり、手をひろげてバランスをとりながら立ちあがりました。ボードはシュルシュルと空《そら》をとび、まっすぐにいなり神社《じんじゃ》のおばけ桜《ざくら》の木へとんでいきました。

「ああ、ハルさんが……高《たか》いところを、とんでいる!?」

ポケットのなかのスアマがおどろいて顔《かお》をだして、すぐにひっこめました。

下から見あげても大きいとおもっていたその桜《さくら》の木は、やはりかなりの高さがあり、ハルさんは足ががくがくしたのですが、目をしっかりとあけて貧乏神《びんぼうがみ》をさがしました。くらくなるまえにみつけなくてはなりません。すると桜《さくら》の木のてっぺんで、きぜつしている貧乏神はかんたんにみつかりました。うちでのこづちをとりかえしたフクミミちゃんも、すぐそばの枝《えだ》にひっかかって足をバタバタさせています。

「ああよかった。」

とハルさんがおもったのもつかのま、貧乏神《びんぼうがみ》のおしりがプスプスとくすぶっているのが見えました。

「かまど神《がみ》のけっとばしたところが、もえだしたらたいへんです。桜《さくら》の木が火事《かじ》になります。」

スアマがポケットのなかからキイキイといったので、ハルさんはバランスをとりながら、桜《さくら》の木のてっぺんにちかづいて、まずフクミミちゃんを、右わきにかかえました。スアマがポケットのなかから身《み》をのりだして、しんぱいそうに見ています。

それからハルさんは、貧乏神《びんぼうがみ》を左わきにかかえました。ボードのバランスはとれないし、おもいし、高いし、ハルさんはくじけそうになるの

をこらえて下におりました。風《かぜ》をうけてこげくさいにおいが鼻《はな》をつきます。

「貧乏神《びんぼうがみ》のおしりが、もえはじめてるのですよ。そいつはあきらめましょう」とスアマがさけんだのですが、ハルさんは貧乏神をほうりだしませんでした。

そこへ、雨がザザーッとふってきました。

「ああ、みんなたすかった。」

ハルさんがほっとして空を見あげると、貧乏神《びんぼうがみ》のおしりの火をけした雨は通《とお》り雨ですぐにやみ、夕焼《ゆうや》け空《ぞら》を、一ぴきの竜《りゅう》がとんでいくのが見えました。

「ちょっと竜神《りゅうじん》にたのんで雨をふらせてもらったぜ。コロッケべんとうをごちそうするじょうけんでな。乙姫《おとひめ》さまのぶんとふたつだとさ。まったく高くついちまったぜ。はっはっは。」

空からおりてきた風神《ふうじん》がごうかいにわらいました。

そのとき、だれかのおなかがグーっとなって、

「おなかがすいた」とフクミミちゃんがつぶやきました。

「風神《ふうじん》さま、いろいろとありがとうございました。ちょっと店《みせ》によっていきませんか、和風《わふう》ハンバーグべんとうをごちそうさせてください。」

ハルさんは、じぶんでもおどろくほどすなおにお礼《れい》がいえました。そして、じぶんもおなかがぺこぺこだったことをおもいだしたのです。

「よろこんで！」と風神《ふうじん》はいいました。


それからみんなで店《みせ》にもどると、ハルさんはてきぱきと和風《わふう》ハンバーグべんとうをしあげました。すっかりくらくなった店のまえのテーブル

で、フクミミちゃんとスアマと風神《ふうじん》とそして貧乏神《びんぼうがみ》と、みんなでおなじべんとうを食《た》べ、スープをのみました。つかれていて、とにかくおなかがすいていたので、みんなだまって食べました。

こんぺいとうのような星《ほし》がひとつでていました。

ハルさんは、和風《わふう》ハンバーグをこんなにおいしいとおもったのは、はじめてでした。

「貧乏神《びんぼうがみ》にごちそうをすることなんてないのに」とスアマはふまんそうにいいました。

「貧乏神《びんぼうがみ》は、はたらかせるにかぎるのですよ。はたらき者《もの》になれば福《ふく》の神《かみ》になる道がひらけるというものです。疫病神《やくびょうがみ》だったら、ごちそうすれば福の神になるといわれていますが……。」

そうスアマが、金色《きんいろ》のまるいめがねをおしあげながらいいかけると、

「そのことなんですけど」と、貧乏神《びんぼうがみ》はいいました。「わし、けりとばされて桜《さくら》の木にぶつかったとき、貧乏神から疫病神《やくびょうがみ》に変身《へんしん》したんです。だからじつは、さっきまで疫病神だったんですわ。そのままだったら確《かく》実《じつ》にそれから死神《しにがみ》になってましたわ。わし、べんとうやさんに一生感謝《いっしょうかんしゃ》します。」

「ということはつまり……。」

スアマがぽかんと口をあけてそういうと、

「はい、和風《わふう》ハンバーグべんとう、ごちそうさまでした。疫病神《やくびょうがみ》はごちそうされると福《ふく》の神《かみ》になるということで、おかげさまでわし、たったいま福の神になりました。ありがとうございました。」

疫病神《やくびょうがみ》になってから福《ふく》の神《かみ》になった〈もと貧乏神《びんぼうがみ》〉は、うれしそうにそういうとなんどもなんども頭をさげながら、くらくなった通《とお》りを、ときどきおしりをさすりながら、どこかへきえていきました。

「あの人が、フクミミちゃんの見たぼうしをかぶったひげのおじさんだったのなら、ぼくが見ていたぼうしをかぶったひげのおじさんは、いったいだれなんだろう。」

ハルさんは〈もと貧乏神《びんぼうがみ》〉のうしろすがたを見おくりながら、首《くび》をかしげました。

8　おばけ桜《ざくら》の木

貧乏神《びんぼうがみ》が福《ふく》の神《かみ》となってでていったつぎの日のことです。並木通《なみきどお》りのべんとうや、〈ほっと亭《てい》〉に、いなり神社《じんじゃ》のまっ白《しろ》なキツネが、あおざめた顔をしてやってきました。

朝《あさ》からバリバリとつよい風がふいています。

「使《つか》い魔《ま》ネズミのスアマさんは、いらっしゃいますか？」

ハルさんと小さな福《ふく》の神《かみ》のフクミミちゃんが、なにごとかとでていくと、

「大黒《だいこく》さまにおねがいして、薬《くすり》の神《かみ》さままであるスクナヒコさまをよんで

きていただきたいのです。いなり神社《じんじゃ》のおばけ桜《ざくら》の木が病気《びょうき》になってしまいました。てっぺんの枝《えだ》から色がかわりはじめて、よわってきています。はやくしないと、これからボードにのったらんぼうな風たちが、だれがたくさん木の枝をふきとばせるか、なんて力試《ちからだめ》しをするためにあつまるらしいのです。」

いなりの白キツネは早口《はやくち》にそういいました。

「きのう、貧乏神《びんぼうがみ》がけりとばされて、桜《さくら》の木にぶつかったときに疫病神《やくびょうがみ》になったといっていたから、それがきっかけだったのでしょうか。」

スアマが、奥《おく》からでてきていいました。

「らんぼうな風というのは、暴風族《ぼうふうぞく》とかいう風の若者《わかもの》たちかい?」とハルさんがきくと、いなりの白キツネはこまった顔で「おそらく」といいました。

「暴風《ぼうふう》がたくさんあつまれば、春《はる》の嵐《あらし》になるかもしれません。これから花が咲《さ》き、花見《はなみ》をひかえているおばけ桜《ざくら》もしんぱいですが、風にのって、病気《びょうき》があちこちにとびちりやしないかしんぱいです。スアマさんいそいでください、どうかよろしくおねがいいたします。」

「す、す、すぐにいってきます」といって、スアマはころがるようにとびだしていきました。

「風神《ふうじん》はなにをしているのかなあ。風《かぜ》の若者《わかもの》たちはなにをそんなに荒《あ》れているんだろう。」

ハルさんがそういうと、だまってなにかをかんがえていたフクミミちゃんが、「わたしがいく」といいました。

「いくってどこへ？」

「おばけ桜《ざくら》の木のところへ。風《かぜ》たちと話《はなし》をしてみる。」

ハルさんがおどろいて、フクミミちゃんの顔を見ると、フクミミちゃんはハルさんの目を見てうなずきました。

「わかったよ、宝船《たからぶね》でいくんだろう？　いっしょにいくよ。」

とハルさんがいうと、フクミミちゃんは首《くび》をふりました。

「わたし、ひとりでいく。」

フクミミちゃんは、うちでのこづちをふりあげると、「いでよ宝《たから》の船《ふね》」

といってふりおろしました。そしてすぐにやってきた宝船《たからぶね》に口をぎゅっとむすんでのりこんだのです。

「ひとりでほんとうにだいじょうぶなの？」とハルさんがききました。

「まえに風のつよい日にひとりでとんだら、宝船《たからぶね》がひっくりかえったことがあって、それからひとりで船《ふね》にのるのはこわくなってたの。でも、」

とフクミミちゃんはいいました。「ハルさんがうまく船にのるコツをおしえてくれたら、ひとりでもできそうな気がする。」

フクミミちゃんはなきそうな顔《かお》で、にーっとわらいました。

「たまごやきみたいにうまくいけばいいけど。いいかい、バランスをとるんだ。両手《りょうて》をひろげて、まえにおいた足はすすむほうにむける。頭《あたま》をさげないで、まっすぐにまえを見て。これ、ボードののりかただけど、きっと宝船《たからぶね》はちゃんととんでくれるよ。」

ハルさんがそういうと、

「わかった」とフクミミちゃんはいいました。

「これをもって」とハルさんがこんぺいとうのはいったびんをわたすと、

「ありがとう」といってフクミミちゃんは、そのびんを宝船《たからぶね》にのせました。

ところが、なかなかフクミミちゃんがとびたちません、やはりだめなのかなとハルさんがおもっていると、

「ハルさん、わたしがかんしゃくをおこすあれ、あのことばをいって。」

とフクミミちゃんがいいました。

「あれか。だいじょうぶか？」

「うん。」

そこでハルさんは、大きくいきをすいこんでから、

「小さな福《ふく》の神《かみ》のフクミミちゃん、小さくてもがんばれ！」

とさけびました。すると、

「小さいって二回もいわないで！」

フクミミちゃんは顔《かお》をまっかにして、おばけ桜《ざくら》の木のほうをにらみつけると、まっすぐにとんでいきました。いなりの白キツネとハルさんもそのあとをおいかけて走っていきました。

ハルさんが、桜《さくら》の木のところにたどりつくと、木の上の空《そら》ではバリバリと音をたてながら、風たちのボードがぐるぐると五枚《まい》とんでいて、そのまんなかに宝船《たからぶね》が見えました。

「風《かぜ》の若者《わかもの》たちはいらいらしているみたいで、フクミミちゃんのいうことをきいてくれないようです。バリバリという音であまりよくきこえないから、見てきます。」

いなりの白キツネは耳《みみ》をぴくぴくさせながら、そういっていなり神社《じんじゃ》のおやしろの屋根《やね》にかけあがっていきました。そのうち風の若者《わかもの》たちのボードのぐるぐるまわるスピードがだんだんはやくなってきて、フクミミちゃんの宝船《たからぶね》は、ぐらぐらと台風《たいふう》の荒波《あらなみ》のなかの小舟《こぶね》のようにゆれはじめました。桜《さくら》の木の枝《えだ》もおれそうにバサバサとゆれています。

「あ、あぶないっ！」

とつぜん、宝船《たからぶね》のなかからフクミミちゃんがとびだして、あばれている風の若者《わかもの》たちのあいだをぴょんぴょんととびまわり、それから力《ちから》つきておちてきました。

「フクミミちゃん！」

ハルさんがそうさけんだとき、どこからか大きな雲《くも》とフクミミちゃんの宝船《たからぶね》よりもはるかに大きな船があらわれました。

そして船《ふね》のなかにのっていた人が、
フクミミちゃんをしっかりとうけとめました。

「よかった。」

ハルさんは桜《さくら》の木のそばに、へたへたとすわりこんでしまいました。空を見あげると、ボードにのった風《かぜ》の若者《わかもの》たちはきゅうにおとなしくなり、ぽかんとしています。

すると大きな船《ふね》といっしょにきた雲《くも》から、雷神《らいじん》が「こら

あ、おまえたち、なにやってたんだ！　しごとをさぼって悪《わる》さばかりして！」と風《かぜ》たちにかみなりをおとし、おなじくかけつけた風神《ふうじん》が風たちのボードをとりあげ、まとめてその首《くび》ねっこをつかんでつれていきました。

「フクミミちゃん、あばれている風の若者《わかもの》たちの口になにかをほうりこんでいましたよ。それでみんなきゅうにおちついたみたいです。」

いなりの白キツネが、屋根《やね》の上から見たことをハルさんにおしえてくれました。

「こんぺいとうだ。なんというむちゃなことを！」

ハルさんがあきれているところへ、大きな宝船《たからぶね》からフクミミちゃんをかかえた男の人と、スアマがおりてきました。いなりの白キツネがあいさつをしています。

「フクミミはだいじょうぶですよ。」

そういった男の人の顔《かお》をみて、ハルさんはとてもおどろきました。

「こちらがフクミミさまのおとうさまの〈大黒《だいこく》さま〉です。」

スアマがきりりとした顔《かお》でしょうかいすると、大黒《だいこく》さまはにっこりと

わらって、

「ハルさん、こんにちは」といいました。

「こんにちは……。」

ぼうしをかぶり、りっぱなひげをたくわえているその顔《かお》は、まちがいなく、ハルさんの店《みせ》をたびたびのぞいていた、あのあやしいおじさんの顔だったのです。

「わたしはどうも、フクミミをあまやかしてばかりいたらしい。すぐにてつだってしまうからいつもスアマにしかられる。ハルさん、フクミミがひとりで宝船《たからぶね》にのることを応援《おうえん》してくれて、ありがとう。たまごやきもひとりでこしらえることができるとか。こんなに成長《せいちょう》するとはおもわなかったなあ。」

大黒《だいこく》さまは、にここにことじょうきげんでした。

「いなりのところのおばけ桜《ざくら》は、病気《びょうき》にまけず、いまつぼみがひとつひらいたそうだ。フクミミの福《ふく》の神《かみ》試験《しけん》は、桜の花がひらくまでとしていたから、これで試験は終了《しゅうりょう》だ。桜の木はスクナヒコにみてもらえば元気《げんき》になり、すぐにまんかいとなるだろう。いなりの白キツネよ、ことしの花見会《はなみかい》の花見べんとうは、こちらのべんとうやに注文《ちゅうもん》したらどうだね。」

「それはすてきです。そうしましょう。ハルさん、あのいなりずしもぜひいれてくださいね。」

大黒《だいこく》さまの話をきいたいなりの白キツネが、うれしそうにいいました。

「フクミミさまもよろこびますね」とスアマがいい、ハルさんもうなずきました。

フクミミちゃんは、大黒《だいこく》さまのうでのなかですやすやとねむっていました。

まもなく、いなり神社《じんじゃ》のおばけ桜《ざくら》はピンク色《いろ》の花がまんかいになりました。

いよいよ〈やおよろずの神《かみ》の花見会《はなみかい》〉、当日《とうじつ》です。

ハルさんはたのまれていた花見《はなみ》べんとうを、できるだけたくさんこしらえました。やおよろずとは八百万《やおよろず》とかいて、数が多《おお》いという意味《いみ》のことばです。フクミミちゃんや、風神雷神《ふうじんらいじん》のほかに、なんとコンビニ・メイプルの店長《てんちょう》もてつだいにきてくれました。

煮豆《にまめ》もたまごやきも、いなりずしも、それからハンバーグもからあげも、すべてうまくできました。それらと菜《な》の花《はな》のおひたしやプチトマトなどの野菜《やさい》を、ハルさんはいろどりよくべんとうばこにつめました。もらった調味料《ちょうみりょう》をおしみなくつかい、おしえてもらったつくりかたのコツ

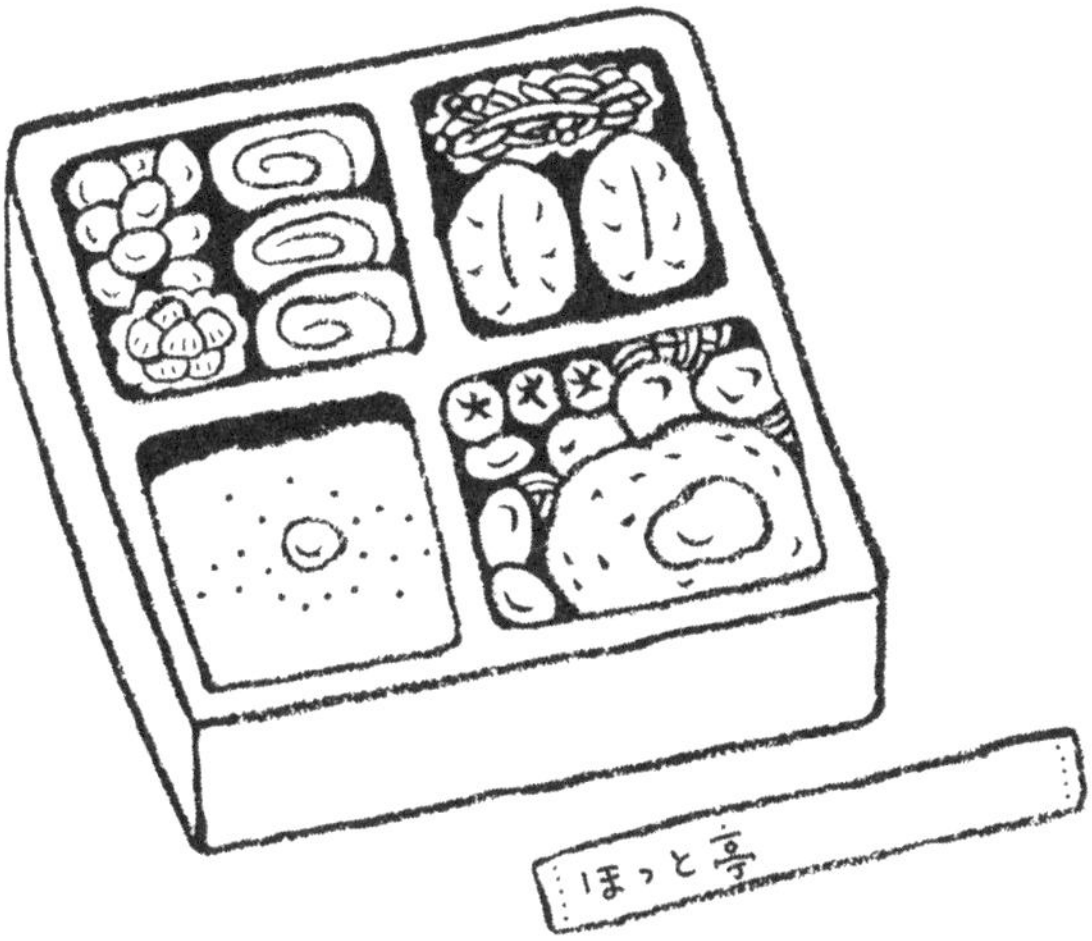

をおもいだし、ハルさんは心《こころ》をこめてべんとうをこしらえたのです。
並木通《なみきどお》りのべんとうや〈ほっと亭《てい》〉には、「本日お休みします」という張《は》り紙《がみ》がはってあり、キッチンはおいしそうなにおいでみたされていました。
会場《かいじょう》はいなり神社《じんじゃ》のおばけ桜《ざくら》の木を見おろす、雲の上でした。桜の木を上から見おろす花見《はなみ》というものを、ハルさんはきいたことがありません。

できあがったべんとうは、七福神《しちふくじん》の宝船《たからぶね》にのせて雲《くも》の上にはこばれました。ハルさんは、うまれてはじめてほんものの宝船にのせてもらったのです。

「すごいなあ。」

よく晴《は》れた青い空《そら》をゆうゆうとすすんでいくこがね色《いろ》の宝船《たからぶね》は、しっているどののりものより、ゆうがでかっこよくて、ハルさんは高《たか》いところなのに、わくわくしました。

けれどもそれとどうじに、福《ふく》の神《かみ》試験《しけん》がおわり、フクミミちゃんやスアマたちとわかれるときがきているのだとおもうと、だんだんさびしい気もちにもなるのでした。

広い広い雲の上の花見会場《はなみかいじょう》には、青いビニールシートがしきつめられて、もうお酒《さけ》やおかしがたくさん用意《ようい》されていました。神《かみ》さまたちの花見がじぶんたちのやり方となにもかかわらないので、ハルさんはなんだかおかしくて、ふふふとわらいました。

「ハルさん、さいきんよくわらうようになったよね。」

フクミミちゃんがつられてわらいました。

「大黒《だいこく》さまがこの花見会《はなみかい》に、ハルさんもしょうたいするとおっしゃってますよ。」

スアマがやってきていいました。

「ハルさん、よかったね」とフクミミちゃんがいいました。

「あのう、フクミミちゃん、きのう大黒《だいこく》さまによばれていたけど、福《ふく》の神試験《かみしけん》はどうだったの。合格《ごうかく》した？」

しんぱいそうに、ハルさんがきくと、

「もちろん合格《ごうかく》！」

フクミミちゃんは、頭の上で大きなまるをつくりました。

「じゃあ、フクミミちゃんはこれでもう一人前《いちにんまえ》の福《ふく》の神《かみ》さまだね。おめでとう。」

ハルさんはいっしょうけんめいわらいました。うれしいことなのに、なみだがでそうです。

するとフクミミちゃんはにーっとわらってこういいました。

「ありがとうハルさん。来週《らいしゅう》から正《せい》式《しき》に福《ふく》の神《かみ》として〈ほっとい亭《てい》〉ではたらくので、よろしくね。」

9 それから

やおよろずの神《かみ》さまたちの花見会《はなみかい》のようすを、ハルさんはあまりくわしくおぼえていませんでした。ただただおばけ桜《ざくら》のピンク色《いろ》の花が夢《ゆめ》のようにきれいで、まるで雲《くも》の上のできごとのようにおもえたのです。まあじっさいに雲の上のできごとだったのですが。

それから一週間《しゅうかん》たつと、フクミミちゃんが正式《せいしき》に福《ふく》の神《かみ》として、並木《なみき》通《どお》りのべんとうや〈ほっと亭《てい》〉にやってきました。

フクミミちゃんは、ピンク色の着物《きもの》にハルさんからもらった青いエプロンをつけています。あいかわらず小さくて、あいかわらず子ども用《よう》の

うちでのこづちをせおっていました。なんでもだせるうちでのこづちは、もうすこし大きくなってから、ときめたそうです。
かわったことといえば、スアマがいないことでした。
フクミミちゃんの使《つか》い魔《ま》は、白い小鳥《ことり》になりました。食《た》べものの店《みせ》でネズミのすがたのスアマがくろうをしたからです。その使い魔をフクミミちゃんは、〈シラタマ〉とよびました。

ハルさんも、高《たか》いところはまだにがてですが、まえとはかわったことがいろいろとあります。

まずアルバイトをやとうようになったことです。配達《はいたつ》をする若者《わかもの》が五人。あのあばれていた風《かぜ》の若者たちが、かわりばんこに配達のしごとをてつだうようになりました。

「おれたち、空の雲のそうじとか、海の波《なみ》のそうじとかばっかりで、もっとみんなから『ありがとう』といわれるしごとがしたかったんですよね。」

なんて、ちょうしのいいことをいいながらも、みんなまじめにはたらいています。

それから、ハルさんは、コンビニ・メイプルの店長《てんちょう》とよくサーフィンにいくようになりました。話《はな》してみたらいがいなことに、店長もサーフィンがすきだということがわかり、なかよくなったのです。

ハルさんは、だれとでもよく話《はな》すようになったし、よくわらうようになりました。

大黒《だいこく》さまは、あいかわらずフクミミちゃんのようすを見にきますが、いまではどうどうとスアマをつれてやってきて、店《みせ》がおわるといなりの白《しろ》キツネもよんで、べんとうを食《た》べながら、お酒《さけ》をいっしょにのんだりするようになりました。みんながあつまると、ハルさんにお嫁《よめ》さんをさがそうという話《はなし》ばかりしています。かまど神《がみ》はしずかに見まもっています。ときどき風神《ふうじん》や雷神《らいじん》とピカノ介《すけ》もやってきます。竜神《りゅうじん》と乙姫《おとひめ》さまからはしょっちゅう注文《ちゅうもん》の電話《でんわ》があり、カメちゃんがたまてばこをせおってやってきます。

並木通《なみきどお》りのべんとうや〈ほっと亭《てい》〉は、まちの人からあいかわらず

〈ほっとい亭《てい》〉とよばれています。でもまえとちがってしたしみをこめてそうよばれ、神《かみ》さまたちまでそうよびます。いちいちなおしていたハルさんも、「もうどっちでもいいや」とほっといています。

きょうも「いらっしゃいませ」と、小さな福《ふく》の神《かみ》のフクミミちゃんは元気《げんき》にお客《きゃく》をむかえます。きげんがよければこんぺいとうをひとつくれるかもしれません。

「ありがとうございました。」

さわやかな風がふき、ハルさんの大きな声が通《とお》りにひびきわたります。

〈おわり〉

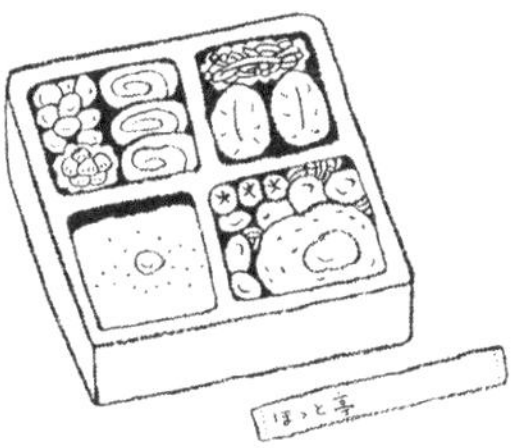

伊藤充子《いとうみちこ》

1962年、東京に生まれる。東京外国語大学ヒンディ語学科卒業。故安房直子氏に師事。矢崎節夫氏主宰「貝がら」同人。ニッサン童話と絵本のグランプリ優秀賞受賞。『アヤカシ薬局閉店セール』で産経児童出版文化賞・JR賞受賞。ほかに『てんぐのそばや－本日開店－』『クリーニングやさんのふしぎなカレンダー』など。

高谷まちこ《たかやまちこ》

東京都生まれ。早稲田大学文学部卒業。絵本の作品に『ガブルくんとコウモリオニ』（こどものとも／福音館書店）、『十二支のはじまり』（ハッピーオウル社）、『だれがだれやらわかりません』（フレーベル館）、『でるでるでるぞ』（佼成出版社）など、さし絵の作品に『だんだら山のバク博士』。

偕成社おはなしポケット
ほっとい亭《てい》のフクミミちゃん
—ただいま神《かみ》さま修業中《しゅぎょうちゅう》—
NDC913
偕成社 158P 22cm
ISBN978-4-03-501120-0 C8393

ほっとい亭《てい》のフクミミちゃん
—ただいま神《かみ》さま修業中《しゅぎょうちゅう》—
2017年12月　初版第１刷発行

●作者●
伊藤充子

●画家●
高谷まちこ

●発行者●
今村正樹

●発行所●
株式会社偕成社
〒162-8450　東京都新宿区市谷砂土原町3-5
TEL:03-3260-3221（販売）　03-3260-3229（編集）
http://www.kaiseisha.co.jp/

●印刷所●
中央精版印刷株式会社・小宮山印刷株式会社

●製本所●
株式会社常川製本

6 からあげべんとう

6 コロッケべんとう